Lv24 HP 100/100
MP22/22
[STR 0] [VIT 236]
[AGI 0]
[DEX 0] [INT 0]

怕痛的我，把防御力點滿就對了

夕蜜柑

[插畫] 狐印

1

Welcome to "NewWorld Online".

Kadokawa Fantastic Novels

CONTENTS

All points are divided to VIT.
Because
a painful one isn't liked.

序章 防禦特化與事前經過 008

第一章 防禦特化與首戰 012

第二章 防禦特化與專注力 027

第三章 防禦特化與攻略地城 047

第四章 防禦特化與祕密特訓 065

第五章 防禦特化與活動開始 074

第六章 防禦特化與屬性考察 092

第七章 防禦特化與朋友 106

第八章 防禦特化與攻略地底湖 120

第九章 防禦特化與攻略第二階地區 145

第十章 防禦特化與系統更新 155

特錄番外篇 防禦特化與遊覽初階地區 185

後記 237

序章　防禦特化與事前經過

「嗯……我沒玩過多少遊戲，看不太懂耶。」

本條楓看著朋友白峰理沙硬塞給她的電玩包裝，忍不住嘆息。

「我怎麼每次都被理沙牽著走咧……」

盒封描繪數名手持劍與法杖的男女，還有排色彩鮮豔的大字——NewWorld Online。

這是最近炙手可熱的ＶＲＭＭＯ，即虛擬實境多人連線遊戲。楓也有ＶＲ裝置，不過已經好一段時間沒用了，上面蓋了一層薄灰。

ＶＲ裝置也是在理沙狂推下買的。

「唉……就是沒辦法拒絕她呢……」

楓手上還有張理沙給她的筆記，上頭寫的是開始遊戲前的所需設定。

「看到那雙閃亮亮的眼睛……就怎麼也推不掉了……」

理沙對楓也會來玩深信不疑，要是不玩，感覺她會很難過，所以楓無法說不。

「沒辦法……！就來設定吧！」

楓拍去裝置上的灰塵，開啟電源。

她也不是討厭電玩。

陪理沙玩個一下也不會少塊肉吧。

楓這麼想著，開始安裝遊戲。

◆□◆□◆□◆□◆

楓一手拿著筆記，一步步進行「NewWorld Online」的安裝與設定。多虧有它，過程相當順利。

「呼……這樣就行了吧。」

終於可以潛入電腦世界。閉上眼睛，睜眼以後就是遊戲世界的感覺，楓已經好久沒有過了。然而開始遊戲之前還有一些設定要作，不能直接殺到鎮上。

「首先……是取名吧。Kaede……等於是直接用本名，有點那個……要取什麼好呢……」

苦惱了一會兒後，楓輸入梅普露(Maple)，按下決定鈕。浮現於半空中的面板隨之變換內容，顯示決定起始裝備的各種選項。

「有巨劍……單手劍、錘矛和長杖……嗯……我不太會跑來跑去耶……而且我也不太想被打……那就選長杖當法師好了。」

楓繼續查看其他裝備，發現其中一項特別有意思。

「塔盾和短刀？攻擊力很低……可是防禦力第一啊……咦！只要提升防禦力就能減少傷害喔？」

讀過說明後，楓當場就決定用塔盾和短刀開場。

順道一提，遊戲玩家對這組裝備的評價是只有初期能靠提升防禦力免除傷害，想玩下去還是乖乖提升傷害比較好，算起來相當冷門。

再說，刻意以承受傷害為前提選擇裝備的人本來就少。況且使用塔盾有很多限制，一般的盾還能裝備單手劍或錘矛等武器。

以容易走位為前提作選擇的人是壓倒性地多。

「再來是屬性配點啊……全點防禦力。」

也就是所謂的極端點法。使用塔盾的攻擊力就已經夠低了，這樣點只會更悲劇。再加上完全沒點速度型屬性，沒有任何加值，速度和現實無異。

現實世界裡，有多少人能正面戰勝直線猛衝而來的野獸呢。

「呃……不能調身高啊？想弄高一點的說……」

楓身材嬌小，連有沒有一四五都很難說。她可愛的長相、纖瘦的身材在學校裡引來

了一群祕密支持者，而她對此一無所知。儘管對身高有點自卑，若身高體重與現實不符似乎會在遊戲中遭遇問題，只好放棄。

「那這樣就ＯＫ了吧，好！」

一團光籠罩了楓。

睜開眼時，人已在生氣蓬勃的城下鎮廣場。

第一章　防禦特化與首戰

楓化名梅普露進入遊戲，見到第一個城鎮。廣場設有噴水池，池邊有幾張長椅。廣場與大道相連，有許多玩家走在兩側皆是磚屋的鋪石路上。清澈天空灑下的光，照得噴水池閃閃發亮。

「現在……呃，屬性表！」

嗡地一聲，梅普露面前浮現半透明的藍色面板。

梅普露

Lv1　HP　40／40　MP　12／12

【STR　0〈+9〉】【VIT　100〈+28〉】

【AGI　0】【DEX　0】

【INT　0】

裝備

頭　【空】　身體　【空】
右手　【新手短刀】　左手　【新手塔盾】
腿　【空】　足　【空】
飾品　【空】
【空】
【空】

技能

無

「嗯……？ＶＩＴ就是防禦力吧？記得是這樣。咦……算點壞了嗎？」

即使梅普露玩的遊戲少，也知道屬性這麼多０不太好。

回顧過往人生，掛零有好處的事是少得可憐。

梅普露一項項檢視屬性，發現儘管攻擊力在武器加成下免去了零蛋的命運，可是整個人就是不聰明、不敏捷也不靈巧。

「啊哈哈……搞砸了嗎？怎麼辦……理沙又不在……」

咿咿嗚嗚想了幾分鐘後，決定先找個魔物打一場再說。要是打不下去就沒辦法了，只好重創角色。

「好，離開城鎮吧……！」

梅普露一邊往鎮外走一邊想——

「旁邊的人……都走好快喔。」

停止時看不出【AGI　0】的影響，現在就直接體現在身邊了。

不過她沒有因此氣餒，依然大步向前走。

往第一場勝利邁進。

鎮外也有不少人，只是沒鎮上那麼多。在這裡戰鬥，至少會被一、兩個人看見吧。

「真不想讓人看到我出醜的樣子……再走遠一點好了。」

梅普露照樣繼續步步向前，走進似乎沒人在的森林。

「好，這裡就行了吧……怪物啊，前後左右都可以，儘管放馬過來！」

不知是不是對梅普露的聲音起了反應，一隻頭頂尖角的白兔跳出草叢，以相當快的

速度向她撞來。梅普露沒有任何行動加值，自然是躲不了白兔的衝撞。

「咦！哇，對不起！」

梅普露也不知道自己在道什麼歉，急急忙忙舉起塔盾，結果舉歪了，白兔的尖角直接撞上她的腹部。

「呃啊！……不、不會痛？」

見到白兔原本會爆擊的衝撞竟然沒有造成傷害，讓梅普露疑惑地稍微退後。

「喔喔喔喔！好厲害！不會痛耶！不愧是【ＶＩＴ　１２８】！呵呵呵……怎麼樣啊，小兔子？我的腹肌硬不硬呀？」

梅普露肚子用力一挺，可是一點線條也沒有，而且還軟綿綿的。

那毫無防備地挺出肚子的姿勢，不知對白兔是種嘲諷還是對方本來就會那樣行動，只見牠又往梅普露撞來。

梅普露連舉盾都免了，直接用肚子擋牠。

白兔就這麼撞了又撞，梅普露笑呵呵地擋，還跑來跑去和兔子玩，甚至伸手摸牠。

狀況莫名其妙到被不知情的人看見了，就會立刻ＰＯ上網的地步。

如果只是陪兔子玩還沒什麼，問題是她時不時直挺挺地站著給兔子撞，堪稱是極其奇妙的畫面。

這場不知是否該稱作戰鬥的戰鬥甚至持續了一個小時。梅普露玩得不亦樂乎，連時間都忘了。

「來喔來喔～多加把勁嘛～？」

這時，不停對白兔挑釁的梅普露腦中有語音響起。

『恭喜您取得新技能【絕對防禦】。』

「嗯？那啥？……等一下喔，小兔兔。」

梅普露無視於白兔的衝撞，開啟面板檢視技能。

技能【絕對防禦】

擁有此技能使你的ＶＩＴ增為兩倍，提升【ＳＴＲ】【ＡＧＩ】【ＩＮＴ】的所需點數增為三倍。

取得條件

持續一小時承受敵人攻擊卻沒遭受任何傷害，且沒有用魔法或武器對敵人造成傷害。

「嗯～？所以我現在是【ＶＩＴ　２５６】？這個技能是不是很猛啊？……我只是跟小兔兔玩耶……」

梅普露自以為這個技能拿得太簡單，可是單純使用塔盾的防禦並不夠，全點某個數值又很容易在中後期玩不下去，幾乎沒人這麼做，再者這麼做的人更不會和白兔玩上一個小時。

說這是一連串巧合所造成的技能也不過分。更進一步地說，目前擁有此技能的人只有梅普露一個。

當然，梅普露本人並不會知道這種事。

「好～久等啦，小兔兔……小兔兔？」

「啾……」

白兔每次衝撞都被反彈在地，已經遍體鱗傷，頭上還出現應是血條的量表。

就在剛才，變紅的血條完全空了。

啪唧一聲，白兔化為閃亮的光點逝去了。一個道具也沒掉，消失得無影無蹤。

「小兔兔～～～～～～～～～～～～！」

『恭喜您升上等級2。』

「小兔兔～～～～～～～～～～！」

少女的哀號在寧靜的森林中陣陣迴盪。

「唉……怎麼死掉了咧……我完全沒有殺死牠的意思啊……」

梅普露為白兔的死難過了一會兒，但很快就振作起來，檢視升級的差異。

「啊！屬性點多五點了！」

分配利用這五點，就能和那些掛蛋的屬性說拜拜了。

「嗯……可是現在去點防禦力以外的好像沒什麼意思……」

點下去就無法反悔，所以梅普露審慎地考慮。

「好……決定了！就點ＶＩＴ！」

梅普露將五點全灌進ＶＩＴ，往森林更深處尋找怪物去也。

森林深處與通往城鎮的路邊相比，怪物等級和數量都提高了些，梅普露不久就遭遇

新怪物。

「唔呃呃……好噁心……」

現在，有隻大蜈蚣纏在梅普露腳踝上。應該沒人不覺得噁心吧。

梅普露抽出腰間的短刀，往蜈蚣身上猛刺。蜈蚣有毒，會將毒液送入其咬傷的對象體內，不過牠始終無法在梅普露身上咬出任何傷口。

況且蜈蚣不像白兔那麼可愛，完全不是梅普露會想逗弄的怪物。

也就是說，宰了也不會有半分內疚。

由於她攻擊力實在太低，刺了十幾刀才好不容易打倒蜈蚣。

「沒有升級啊……」

梅普露在這時開始猶豫是否該折返了。目前，梅普露並沒有一心只想升級而忘了時間。她知道自己花了很久才打倒蜈蚣，所以打算返回怪物較弱的區域。

不過運氣不好，梅普露走著走著，已意外闖進這一帶最強怪物所在的區域遊蕩。

而且禍不單行，這怪物就在這一刻出現在梅普露眼前。

那是翅膀拍得轟轟響的巨蜂。

朝梅普露直飛而來。

「騙人，真的嗎……？」

見到那大得誇張的毒針，梅普露嚇得舉起塔盾。

然而【ＡＧＩ　０】的她根本不可能跟上巨蜂迅捷的動作。

巨蜂一轉眼就繞到她背後，挺起毒針往她脖子就刺——不下去。毒針一碰到皮膚就因為突破不了防禦力而彈開，梅普露一點傷也沒有。

但巨蜂不死心，一刺再刺。

「啊哈哈……這樣很癢耶～」

梅普露漸漸找回從容，恢復原來的調調。

巨蜂似乎是眼見刺了再多次也沒效，改噴毒液攻擊。

「嗯……！」

儘管微弱，但梅普露確實有灼燒的疼痛感，大概是曬傷之後洗熱水澡的程度。

她檢視屬性，發現ＨＰ只少了１。毒液是梅普露無法抵擋的傷害，再中三十九次毒液就會死。

「……………戰略性撤退！」

梅普露一轉身，背對巨蜂逃跑了。可惜現實是殘酷的，ＡＧＩ的差距讓她想逃也逃不了。

巨蜂一次又一次地噴射毒液，梅普露怎麼也無法閃躲。

「唔………」

就在梅普露的ＨＰ降到低於一半時——

『恭喜您取得新技能【低階抗毒】。』

這語音出現後，梅普露再也沒受到任何毒傷。若在平時，她應該會樂得蹦蹦跳，但現在不一樣。巨蜂讓她第一次受傷，使她有點火大。

「我不行了……」

梅普露啪噠一聲倒地，假裝想盡可能爬離這裡。

沒錯，這是演戲。不知是計畫得逞還是碰巧，巨蜂的行為確實改變了。

巨蜂要多補幾下似的噴灑毒液，梅普露的動作隨之逐漸放慢，接著有更多毒液噴來，要斷她最後一口氣。

『技能【低階抗毒】進化為【中階抗毒】了。』

梅普露終於笑了，她等的就是這個。如此一來，中毒會受傷這個現況的唯一懸念便

漂亮解決。

接下來，梅普露完全停止動作，開始裝死。巨蜂見到目標不動，使用了需要蓄力的強力攻擊，為了叼起她而將頭伸過去。

「呵呵，你中計了！」

梅普露一個翻身，往巨蜂大張的口器刺出手中短刀。刀刃喀哩喀哩地在沒有甲殼保護的嘴裡猛插，貫穿頭部。

她沒有就此罷休，還將短刀左右扳動，顯示於巨蜂頭上的血條紮實地往下掉。

巨蜂氣得猛刺毒針，但無法造成任何傷害。

最後巨蜂抖了兩下，化成光點消失不見。

一枚銀色戒指掉在地上。

「呵呵呵……我才是贏家！」

『恭喜您取得新技能【以小搏大(Giant Killing)】，等級提升為等級8。』

梅普露撿起戒指，並檢視剛取得的戒指屬性與技能。

森林女王蜂之戒【稀有】

【ＶＩＴ　＋６】

自動恢復：每十分鐘恢復ＨＰ最大值之10％。

「喔喔喔喔！這個讚，自動補血！稀有表示我運氣很好嗎？」

對於ＭＰ只有起始值，一個魔法也沒有的梅普露而言，自動補血是相當寶貴的特效，附帶的【ＶＩＴ　＋６】也十分有益。在【絕對防禦】影響下，等於是ＶＩＴ　＋12。

梅普露脫下一開始隨附的手套，戴上戒指。手套不算裝備，純粹是造型道具，可以套在戒指之上。

「筆記上有說，貴重道具或技能最好不要隨便給人看呢。」

理沙在筆記上也提到了防ＰＫ（玩家殺手）小技巧。但話說回來，梅普露現在ＶＩＴ這麼高，殺得死她的玩家也沒那麼容易遇到就是了。

「再來是技能……」

【中階抗毒】

免疫強烈毒素以下效果。

取得條件

遭受四十次強烈毒素攻擊。

「感覺好像沒多強耶……該不會ＶＩＴ也會減免毒的傷害吧……」

事實上正是如此，ＶＩＴ能降低玩家所承受的所有傷害。

然而毒屬性攻擊性質特殊，倘若梅普露沒有抗毒技能，最後還是會造成一點傷害。

「下一個！」

【以小搏大】Giant Killing

戰鬥時，若ＨＰ、ＭＰ以外有四項以上屬性低於對手，ＨＰ、ＭＰ以外屬性將全部乘２。

取得條件

獨力戰勝ＨＰ、ＭＰ以外有四項以上屬性在你兩倍以上的怪物。

「我的屬性有四個是0，所以……咦？那我幾乎每次戰鬥都會變成兩倍？這麼說來……ＶＩＴ總共會變四倍耶！」

梅普露說得沒錯，她的屬性幾乎都是0，等於常駐雙倍ＶＩＴ。不僅容易發動，又因為特化的關係，只要技能搭配得好，就會相當強大。

而且等級提升，讓她又拿到不少屬性點。

「奇怪？只拿到15點耶……只有等級是二的倍數才有得拿嗎？」

這次梅普露毫不猶豫地全灌ＶＩＴ。

考慮到【以小搏大(Giant Killing)】的效果，這是最佳選擇。

現在梅普露的數值其實高達６１６。

「嗯……有點累了，今天就玩到這裡吧。比想像中更花時間呢。」

梅普露離開森林返回城下鎮，在鎮上小逛一下就登出，回到現實世界。

第二章　防禦特化與專注力

「好～！今天也要卯起來練功！」

繼昨天之後，梅普露再度登入「NewWorld Online」的世界。

「今天也去森林打怪吧！我想要新的技能。」

梅普露不是會沉醉於升等的人，不過取得新技能時的興奮感倒是很吸引她，有種將空蕩蕩的書櫃以書一本本填滿的樂趣。

「要盡量把能提升VIT的技能都學起來才行！」

梅普露踏著她依然遲緩的腳步，慢慢往鎮外走。

「再來要試什麼呢……」

第一個想到的，是偵測周圍敵人的技能。應該沒什麼能比事先察覺敵人的存在更有利吧。

「好～！加油加油！」

她將塔盾置於地上，閉上眼睛試著感應四周動靜。

其實這種做法——

完全搞錯方向了。

真正的做法已經公布在攻略討論板上，玩家必須在看不見怪物的情況下，猜測其實際存在般用石頭或箭矢擊中一定距離外的怪物，成功數次就會得到。

要是梅普露這樣的做法就能偵測敵人，那麼在現實世界也做得到吧。

然而她並沒有那種超能力。

不知道自己做錯的梅普露，一股腦地閉著眼集中精神。

且居然一耗就是三個小時，幾乎是處於睡眠狀態。

發揮出神祕毅力的梅普露最後終於聽見了系統訊息，朦朧的意識徐徐甦醒。

『恭喜您取得新技能【冥想】。』

「嗯？怎麼是【冥想】？不是偵測敵人啊……是喔，好可惜……」

想起身時，梅普露才發現身體好重，便睜開眼睛查看身體。發現一大堆蜈蚣、毛蟲等雜碎，甚至看起來很凶猛的狼都纏在她身上，試圖攻擊毫不抵抗的她。

「呀啊啊啊啊啊啊啊啊啊啊啊啊啊！」

梅普露慘叫著用小刀喳喳喳地插倒蜈蚣和狼，這對【ＳＴＲ　９】的她而言實在是非常辛苦，插半天才倒一個。但也因為她力量太低，再怎麼刺也傷不了自己，可以放心猛刺纏在身上的敵人。

如果只須料理纏在身上的怪物倒還好，可惜天不從人願，有更多怪物從林中現身，似乎都是被她的哀號引來的。

『恭喜您取得新技能【嘲諷】。』

得到新技能是很好，但現在得先設法脫險。

於是——

『恭喜您升上等級11。』

「呼……真是場硬仗……來，看看我拿到什麼技能吧！」

【冥想】

使用後，每十秒回復ＨＰ最大值１％，效果持續十分鐘，不消耗ＭＰ。

【冥想】當中，無法進行任何攻擊。

取得條件

在遭受攻擊的狀況下冥想三小時。

「我又沒有在冥想……不過強力技能是愈多愈好啦！」

接著查看嘲諷。

【嘲諷】

轉移怪物的注意力到你身上。每三分鐘能使用一次。

取得條件

一次吸引十隻以上怪物的注意。可使用道具。

「用來練等好像很方便。」

一般而言，團隊中防禦力高的玩家會用它一肩扛下所有攻擊，是個團隊取向的招式，不過梅普露想的完全是別種用途。這是因為她AGI太低，想升級也追不上怪物。有這種煩惱的人，整個遊戲也只有梅普露一個吧。

總而言之，這下可以較為輕鬆地升級了。

「再來就是把VIT點上去……嗯？有10點能點耶！」

沒錯，每當等級來到十的倍數就會拿到雙倍屬性點，在遊戲裡是理所當然的機制。不過梅普露卻有撿到寶的感覺，開心極了。

梅普露
Lv11　HP 40／40　MP 12／12
【STR 0〈+9〉】　【VIT 130〈+34〉】
【AGI 0】　【DEX 0】
【INT 0】

裝備

頭【空】　身體【空】
右手【新手短刀】　左手【新手塔盾】
腿【空】　足【空】
飾品【森林女王蜂之戒】
【空】
【空】

技能

【嘲諷】【冥想】【低階抗毒】【以小搏大（Giant Killing）】【絕對防禦】

檢視過屬性以後，梅普露滿意地點點頭，登出下線了。

此刻，網路上某個討論串——

【NWO】我發現超狂的塔盾手

1名稱：無名巨劍手
超狂。

2名稱：無名長槍手
詳細。

3名稱：無名法師
怎麼個狂法？

4名稱：無名巨劍手
西方森林有一個人被幾十隻大蜈蚣和毛毛蟲包圍，而且就只是站著。

5名稱：無名長槍手

啊？怎麼可能？

早該死了吧ｗ　裝塔盾也一樣。

6名稱：無名弓箭手

＞1

裝備很強嗎？看起來怎麼樣？

7名稱：無名巨劍手

看起來是新手裝。

光是想起來就覺得很噁心。

為什麼可以被那麼多毛毛蟲和蜈蚣包圍還完全沒事的樣子啊。

8名稱：無名法師

那樣還不死是因為傷害都抵銷了？我只想得到這樣……

9名稱：無名長槍手

能完全抵銷嗎？

１０名稱：無名弓箭手
記得β測試時候有人實驗過，就算全點防禦也只能抵銷小白兔的攻擊而已。

１１名稱：無名長槍手
太渣了吧？

１２名稱：無名塔盾手
我大概知道那是誰。

１３名稱：無名巨劍手
告訴我們吧，感謝。

１４名稱：無名塔盾手
不知道名字，不過是身高不到１５０的美少女。
從走路速度來看，ＡＧＩ幾乎是０。
如果我跟她做一樣的事，大概秒趴。

１５名稱：無名法師

真的是全點ＶＩＴ？不過呢，人家說不定是發現什麼隱藏技能了。

１６名稱：無名長槍手

啊～很有可能。話說是女的啊，而且是美少女。

１７名稱：無名弓箭手

喔？你重點放那裡啊？

我也是。

１８名稱：無名巨劍手

這個嘛，也只能慢慢調查了吧。

要是能變成頂尖玩家，自然就會出名了。

１９名稱：無名塔盾手

有新發現我就ＰＯ出來。

20名稱：無名法師
感謝提供情報！（敬禮）

就這樣，梅普露不知不覺成為小小的話題人物了。

◆□◆□◆□◆□◆

「今天也上線了呢……」

這樣就是連三天登入了。原本是為了陪理沙玩才勉強開始，結果現在整個迷上了。取得新技能與提升防禦力的成就感讓她十分上癮，一不小心就把主機電源打開了。

結果元凶理沙還因為父母要她念書，不能上線。

「呵呵呵……我就慢慢一個人享受吧。」

今天也要出外冒險的梅普露環視周圍，忽然想到一件事。

「我……還在穿新手裝耶！」

手上是毫無裝飾的盾牌和弱弱的短刀。周圍人群中，有幾個穿著裝飾華麗的帥氣裝備，似乎是高等玩家。

四處觀察那樣的人一會兒後，梅普露在稍遠處發現裝備帥氣塔盾的男子。

她立刻噠噠噠地走過去，向他說話。

「請問～那麼帥的盾要去哪裡買呀？」

「嗯？咦？問、問我嗎？」

突然有人搭話，讓男子嚇了一跳。

「對呀！你的塔盾好帥喔！」

「是、是喔。謝謝喔……我的盾牌是訂做的，付工匠錢就會幫妳做。」

「唔……原來如此……」

「不然……我就替妳介紹吧？看在都玩塔盾的份上。」

「喔！那就拜託你了！」

「那就跟我來吧。」

這當然也有可能是場騙局，不過梅普露現在腦子裡全都是塔盾，完全沒想到那裡去。

所幸這男子單純就只是個熱心玩家，沒有導致悲劇。

而且——

「不會吧……她居然主動找我說話……等等去ＰＯ文。」

沒錯，這名男子就是某討論串的那個塔盾手。

兩人走了一段時間，進入一間店。

櫃台後的女子察覺有人進門，停下正在作業的手，發現是熟面孔而出聲。

「啊，歡迎啊，克羅姆。怎麼了嗎，拿盾牌來維修還太早了吧？」

「沒什麼，就是半路遇到拿塔盾的新手……一時衝動就帶她來了。」

這時，梅普露從克羅姆背後現身。

「哎呀，真可愛的女孩……克羅姆，你剛說一時衝動嗎？是不是報警比較好啊？」

說完，女老闆就在空中叫出藍色面板。

「等、等一下！我不是那種意思啦！」

「呵呵……我知道，開玩笑的。」

「啊……那對心臟很不好，拜託不要。」

克羅姆鬆了一口氣。

「小姐，不可以隨便跟可疑人士走喔？」

「啊嗚……知道了。」

「我才不可疑咧！」

「呵呵。好啦，閒話就說到這裡，有何貴幹？」

「這個女生想要好看的塔盾，所以我就帶她過來，想說至少認識一下。」

「這樣啊。我叫伊茲，職業和妳看到的一樣，是個工匠，而且是專門打鐵。也會配一點藥水啦。」

「是喔……好厲害喔！啊，那個，我叫梅普露！」

第一次在遊戲中與玩家交流，讓梅普露有點緊張，但總歸是沒有口吃，順利報出名字了。

「梅普露啊，妳為什麼選塔盾？」

「那個……因為我很怕痛，所以想提高防禦力。」

「嗯……了解了解，所以ＶＩＴ特化的裝備比較好吧……不過……妳現在沒預算吧？」

梅普露跟著查看錢包。她什麼都沒買過，身上依然是創角色時發的三千Ｇ。

「三、三千Ｇ夠嗎？」

梅普露姑且一問。

「呵呵……當然是不夠啦，我這至少也要幾百萬Ｇ呢。不過錢存得很快，一不注意

就有了。」

話雖如此，對現在的梅普露而言，幾百萬仍是聽了就暈的數字。

「嗚嗚嗚……那麼以後再來想造型吧。」

「打地城很好賺喔？地城裡有很多寶物，就當是為了賺錢，去逛一次看看怎麼樣？能不能拿到強力塔盾就不知道了。」

此後，梅普露把克羅姆和伊茲加入好友名單，以便隨時聯絡。

接著向兩位親切玩家敬個禮之後就離開店舖。

並將眼前的目標先定為存錢和找到地城兩項。

「希望能有好看的裝備！」

２４１名稱：無名塔盾手

不小心遇到塔盾少女，還互加好友了ｗ

２４２名稱：無名長槍手

啥？

２４３名稱：無名弓箭手
怎麼回事？

２４４名稱：無名塔盾手
我一上線就看到她在東張西望，然後她一跟我對上眼就跑過來了搭訕了ｗ

２４５名稱：無名巨劍手
這塔盾少女的溝通能力還真高。

２４６名稱：無名法師
後來咧？

２４７名稱：無名塔盾手
她說想找帥氣的塔盾，
我說可以介紹工匠給她，她就跟我走了。
不過她ＡＧＩ真的超低，跟得很辛苦，沒事就要停下來等她。

２４８名稱：無名長槍手

你ＡＧＩ多少？

２４９名稱：無名塔盾手

等等，我先整理一下。

開始嘍。

她沒有組隊，

選塔盾是因為怕被打會痛，所以想提高防禦力。

是一個活潑的超老實女生。

總評：

超棒的啦。

啊～請大家默默守護她吧～

我先公布自己的資料，希望跟大家交換一些情報。

首先呢，我的ＩＤ是克羅姆。
ＡＧＩ20吧。
想和這裡的人加好友，如果有興趣，麻煩明天晚上十點到廣場噴水池會合，謝謝。

２５０名稱：無名長槍手
謝謝提供資訊……咦，結果你是克羅姆啊！
超有名的頂尖玩家耶！

２５１名稱：無名法師
有名到我都傻了ｗ

２５２名稱：無名弓箭手
太好啦，十點我能到ｗ
話說ＡＧＩ20就跟不上，看來她真的是全點ＶＩＴ耶。

２５３名稱：無名巨劍手

那以後就用溫暖的眼神跟串可以嗎～？

254名稱：無名長槍手

可以～！

255名稱：無名弓箭手

可以～！

256名稱：無名法師

可以～！

257名稱：無名塔盾手

可以～！

當然，梅普露還是不知道這個討論串中的任何一切。

第三章　防禦特化與攻略地城

「要探索地城啊～終於有開始冒險的感覺了耶！」

為安全起見，梅普露用僅有的三千Ｇ買了幾瓶補血藥。

ＨＰ只有區區40，最低階的補血藥就十分夠用。

況且她還有巨蜂掉的戒指和【冥想】。然而遭遇會受傷的狀況，肯定是壓倒性地不利。

梅普露準備妥當後就往地城出發，目的地是情報公布欄上的【毒龍迷宮】。

「我有【中階抗毒】，不用怕！」

秉著攻破地城之勢，意氣風發地衝出城下鎮。

梅普露往森林的反方向一步步地走。如果這不是遊戲世界，手上也沒有塔盾和短刀，整趟路的氣氛輕鬆得就像遠足一樣。

雖然路上屢遭怪物襲擊，她依然是一滴血也不損，所以乾脆連打怪都省了，直線前進。

這一帶的怪物似乎比森林那聰明，發現攻擊不具效果就改變行為模式，速速離去。

由於這段時間完全沒有目擊者，沒人發現她異常的防禦力。

走著走著，梅普露發現周圍樹木逐漸枯槁，地面龜裂，愈來愈荒涼。

不時還能看見幾口噗咕噗咕冒泡的沼澤。

在這樣的環境裡繼續走了十分鐘後。

她發現地面有一部分隆起，像個張開的大嘴。

「那就是地城吧？」

走進洞口，梅普露發現洞頂比想像中高很多，甚至不怕舉不起塔盾。

一往深處走，就有許多顏色看起來很毒的史萊姆和蜥蜴，沿著牆壁和地面攻過來。

「嘿！呀！」

梅普露往史萊姆刺一刀，但刺不中在那半透明體內到處飄動的核心，無法造成傷害。但是，史萊姆的衝撞同樣傷不了她。

「唔……既然這樣……看招！塔盾壓頂！」

於是梅普露連同塔盾整個人往前仆倒，要把史萊姆整個壓爛。這不是技能，不能期待有特殊威力，在敵陣仆倒還會露出一身破綻。

不過她可以不受一點傷地承受這些攻擊或毒液，根本不必考慮破綻的問題。

雖然用盾攻擊幾乎沒有傷害，但似乎足以壓爛史萊姆的核心。像這樣只要破壞核心

就能打倒的怪物，反而特別適合梅普露。

「好～！一路殺進去！」

知道怎麼料理史萊姆之後，梅普露大步往深處走。至於蜥蜴方面，她已經直接放棄了。因為AGI太低，每次出手都會先被蜥蜴溜掉，想打也打不中。

就這樣連人帶盾往前仆倒不曉得幾次以後——

『恭喜您取得新技能【盾擊】。』

即使從名稱就能略知一二，但為保險起見，梅普露還是立刻閱讀技能說明。

【盾擊】

以盾攻擊，威力以STR計算，附帶低階擊退。

取得條件

連續以盾牌打倒怪物達到十五次為止。

「好像不太好用耶……不過擊退感覺很強！」

梅普露繼續如入無人之境般往深處挺進。以毒為主題的這座地城到處都有毒性強烈的怪物和機關。

深入一段時間後，梅普露來到較為開闊的空間。若將之前的路徑稱為通道，那麼這個開闊處就是房間了。而且房間中心還長了綠油油的花草，生機盎然。

淡紫色的小小花瓣輕盈搖曳，吸引了梅普露的目光。

「好可愛喔……會不會是道具呀？」

梅普露走近花叢，蹲下來對花朵戳戳點點。結果紫花突然縮成花苞樣，噴出紫色煙霧。還引發連鎖反應，周圍的花也噴出看似帶有毒性的霧。

「哇哇哇！」

梅普露趕緊起身，跑出眼看要擴散至整個房間的毒霧。

沿著房間另一條通道跑了一小段，才停下來喘口氣。

「真、真是好險……是喔，還有陷阱啊。」

她鎮定下來，繼續向前走，並在下一個開闊處見到一眼便知有毒的紫色沼澤，還有氣體噗咕噗咕地從沼澤底下不斷冒出。

「用膝蓋想也知道有毒，不會再上當嘍？」

就在梅普露這麼說，想無視毒沼從旁經過時，有東西從裡頭跳出來，直接撞上她的側腦。

「哇！什、什麼鬼！」

梅普露四處張望尋找敵蹤，發現有隻類似飛魚的魚在腳邊跳動。

「是、是牠？」

她注視毒沼片刻，果真見到有魚在跳。

「嚇我一跳……」

為防萬一，梅普露先用盾牌壓死撞上她的飛魚，略過其他飛魚繼續前進。

闖過重重怪物和陷阱，用盡各種方式逗弄史萊姆之後，梅普露終於來到最深處。

眼前是比她高三倍的巨大雙開門。

梅普露使勁推開了門。

嘰嘰嘰嘰，門扉在沒有潤滑的刺耳聲音中開啟，展現房間全貌。

到處是一坑坑的毒沼，還有稀薄的紫氣瀰漫其中。

梅普露戰戰兢兢踏進房間的同時，背後的門猛然關上。

「呀！」

一隻龍從毒沼中現身，掩蓋了梅普露的短小尖叫，而且不是普通的龍。

牠的身體到處是腐爛溶開，深可見骨的傷口；三條長頸上長了三顆頭，幾個少了眼珠的眼窩中，是黑漆漆的空洞。浸泡在毒沼中的腐龍洪聲咆嘯，吹散了紫霧，散發出沿途遇到的怪物都無可比擬的存在感。

「這、這就是毒龍？」

毒龍無視於梅普露的惶恐，張開血盆大口朝她噴吐毒液的洪流。梅普露立刻用盾遮擋全身，濃烈的毒液吐息瞬時席捲了她。

在毒液滴落地面的滴答聲中，梅普露張開緊閉的眼睛，發現自己幾乎無傷，但裝備就不是這麼回事了。

「我、我的塔盾和短刀……」

塔盾和短刀遭到腐蝕而片片散落，已經不具效用了吧。所幸戴在手套下的戒指平安無事。

這一刻。

梅普露的ＶＩＴ由於塔盾的【ＶＩＴ　＋28】經過【絕對防禦】和【以小搏大（Giant Killing）】加乘為四倍，等於一口氣掉了１１２。

因此，毒龍的吐息得以對梅普露造成傷害。

第一次吐息因為有盾，只對梅普露造成一點傷害，可是以後每中一次會扣三點。

換言之，若不設法處置，再中十三發就必死無疑。

「呼……專心！【冥想】！」

梅普露冷靜下來，閉上雙眼集中心智。

這次是在身體承受痛楚的狀況下【冥想】。若專注力不夠，【冥想】就會失效。

她利用戒指、【冥想】以及僅有財產所買下的藥水，要撐到練出更高的【抗毒】能力。這是她唯一的勝算。

【冥想】期間，痛楚和恐懼都變得逐漸淡去，彷彿全身已經融化，什麼也感覺不到。

捱打到HP僅餘兩成左右時，就喝一罐藥水。

如此反覆。

恢復量追不上傷害。不是藥水先喝完，就是先取得抗性。

勝負全看何者較快。

忍了一陣子之後，梅普露腦中響起語音。

『技能【中階抗毒】進化為【高階抗毒】了。』

聽見企盼已久的系統訊息，梅普露卻沒有高興的樣子。

皮膚仍有灼燒的刺痛。

抗性還不夠。

雖不知還有沒有更高級的抗性，梅普露也只能賭一把了。

到了終於喝光最後一罐藥水時——

「哈哈……成功了……」

梅普露腦中響起了取得【毒免疫】的通知。

現在澆在她身上的毒龍息，甚至變成舒爽的湧泉。

不過梅普露可不能發呆泡澡，她一邊回復ＨＰ，一邊思考如何戰鬥。

沒錯，就是在武器損毀的此時此刻，究竟該怎麼戰勝毒龍。毒龍的攻擊沒有傷害，

可是梅普露同樣也無法造成傷害。

這樣下去沒完沒了。

而且沒打出個你死我活，連房間都出不去。儘管登出就能離開，可是她捱了那麼久的打，沒拿到獎勵實在不甘心。開發人員也沒想到會有人在這發生進退不得的狀況吧。

「唔唔唔……好吧，能試的都試試看！反正明天放假！」

是的，幸虧明天不用上課，梅普露有得是時間和毒龍周旋。

這也不對那也不對，實在束手無策之後，梅普露總算做出那個行動。

「龍的肉爛爛的好像很軟……既然有【毒免疫】，搞不好可以吃掉喔！」

梅普露沐浴在毒龍息之中，走向毒龍的身軀。

然後雙手合十——

「……我開動了。」

張嘴往龍背上咬。

「唔……不怎麼好吃。」

梅普露揪起了臉。

觀察了一會兒，她發現咬過的部分不重生。若是用手刮下的肉，就會像倒帶一樣恢復原位，不會造成傷害，不知是何原理。

「所以只能吃死牠嗎……」

毒龍肉有點苦味，讓梅普露想起她討厭的青椒。

儘管如此，不吃就不能走出這個房間，她也只好捏起鼻子，含淚吃下去。

這遊戲沒有飽食度的設定，是她現在唯一的支援。即使嘗得到味道，肚子怎麼吃也不會飽。

「嚼嚼嚼……啊，毒龍先生，謝謝你幫我噴龍息。嚼嚼嚼……辣辣的就吃不出青椒的感覺，好吃多了……」

梅普露就這麼在毒龍軀幹上到處亂啃。啃了五個小時左右，毒龍的軀幹總算只剩骨架了。

當她為了繼續吃尾巴而順著尾巴溜下去時，毒龍的骨頭一塊塊地散落，再也不動了，最後化為光點消失無蹤。

鑽過了一個個系統漏洞，梅普露終於擊敗了毒龍。

接著，毒龍的位置出現光輝燦爛的魔法陣和寶箱。

『恭喜您取得新技能【毒龍吞噬者（Hydra Eater）】。同時【毒免疫】也因此進化為

【毒龍(Hydra)】。』

『恭喜您升上等級18。』

梅普露先按照慣例，將20屬性點全往ＶＩＴ灌。

這樣ＶＩＴ基本值就有１５０了。

「好……防禦更堅固了！」

接著檢視技能。梅普露想也想不到會有【毒龍吞噬者(Hydra Eater)】這樣的技能。

【毒龍吞噬者(Hydra Eater)】

免疫毒、麻痺狀態。

取得條件

以吸取ＨＰ擊敗毒龍。

原來遊戲中的「吃」是一種吸取ＨＰ的攻擊。不過除了梅普露以外還有誰會做這種

事，倒是很令人懷疑。

以吃的方式攻擊，的確會微量恢復ＨＰ。

但這明顯不是正規攻擊法，而且正規攻擊法的難度還要低得多吧。誰會想吃毒龍的腐肉呢。

【毒龍】（Hydra）
你現在能任意使用毒龍的力量。
耗用ＭＰ，施展毒系魔法。

取得條件
持有【毒免疫】，且以ＨＰ吸收方式擊敗毒龍。

見到這說明，梅普露不禁打個哆嗦。

「我、我得到第一個有用的攻擊手段了！而且還是毒，和我很搭！」

打中敵人以後，只要撐住就行，能將梅普露的ＶＩＴ發揮到最大限度。

「不過問題在於ＭＰ……我想全點ＶＩＴ耶……」

梅普露唔唔唔地苦惱片刻，忽而想起寶箱的存在而暫停思考。

那口寶箱相當大，是寬三公尺、深兩公尺、高一公尺的長方體。

第一個寶箱讓梅普露既緊張又興奮地心跳加快，猛吞口水。

並慢慢打開箱蓋，看看裡面裝了什麼。

「喔喔喔喔喔喔喔喔喔喔喔喔！」

梅普露當場激動得放聲大叫。

寶箱裡是以黑色為主的塔盾，到處以豔紅色作裝飾，中央還鑲有紅色晶體。

接著是散發厚重沉光的甲冑，薔薇浮雕存在感十足卻不會太過醒目，和那面塔盾非常搭調。

「天啊……超棒的！好帥喔！」

最後是鞘身鑲嵌璀璨石榴石，外觀簡斂的漆黑短刀。

梅普露拿起裝備一一檢視。

【獨特裝備】

此獨一無二的裝備，僅獻給第一次單獨挑戰地城魔王就成功的攻略大師。

每一地城僅有一組。此裝備不可交易轉讓。

「闇夜倒影」
【ＶＩＴ　＋20】【破壞成長】
空技能格

「黑薔薇甲」
【ＶＩＴ　＋25】【破壞成長】
空技能格

「新月」
【ＶＩＴ　＋15】【破壞成長】
空技能格

居然是梅普露的專用裝備，連短刀都強化ＶＩＴ，直接捨棄正常的攻擊手段。若非梅普露這類的玩家，便無法充分發揮這裝備的強悍。

「回去以後再來看技能格和【破壞成長】是什麼東西吧！」

梅普露小心翼翼地將三樣裝備收進道具欄，並在魔法陣的光芒包圍下，從地城傳送到平時出入的城下鎮。

梅普露一回鎮上就迅速離開現場，用僅剩的錢找旅館租一晚房間。

遊戲中可以睡眠，自然也具備旅館類的設施，不過梅普露的目的並不是過夜。

「先來看屬性。」

【破壞成長】

有此屬性的裝備每次遭到破壞都會自動修復，且力量更為強大。

自動修復為瞬時效果，不會對屬性造成影響。

技能格

玩家能捨棄自身持有的技能，賦予有技能格的裝備。

技能一經賦予便無法取回。
賦予的技能每日可以不耗用ＭＰ使用五次。
自第六次起，則正常耗用ＭＰ。
每15級能解鎖一個技能格。

「呵呵……好帥又好強喔！」

知道會有更多技能格之後，梅普露毫不猶豫地將【毒龍(Hydra)】賦予短刀「新月」，這樣ＭＰ問題也解決了。

「再來是壓軸的裝備！」

梅普露穿上所有裝備，照鏡子看效果。新手裝完全無法比擬的強悍氣場，讓她滿意得不得了。

「喔喔喔喔喔喔喔！我超帥的啦！」

她就這麼在鏡子前擺了一個小時姿勢，順便習慣裝備。

「呵呵呵……萬事ＯＫ，出門去嘍！」

其實這就像穿戰服上街一樣，讓梅普露相當緊張。

果不其然，整趟路上可說是比高階玩家還要顯眼，散發壓倒性存在感的裝備引來一波波群眾側目，不過梅普露本人卻幾乎沒注意到那些眼光。

即使夜已深沉，她仍往鎮外走去，要再打一趟獵。

第四章　防禦特化與祕密特訓

一身漆黑裝備的梅普露坐在噴水池邊發愁。

等級實在升得很慢。

她現在等級18，目前最高等玩家是48。起初對這遊戲興趣全無，起步比別人晚，如此差距只會愈來愈大。

那麼梅普露為何無法順利升級呢，原因在於AGI太低，等級愈是提高，就愈難前往強敵所在的區域。

「唔……」

梅普露盯著情報公布欄看，希望能找到有用的技能。

會突然以前所未有的認真態度思考升級問題，是因為官方昨天發布的活動通知。

是的，官方活動再一個星期就要開始了。活動內容是計分制的大混戰，所有參戰者要用擊殺數和死亡數分個高下。

傷害輸出量與受傷量似乎也會列入計算。

而前十名參賽者，將獲得活動限定的紀念品。

「有限定就好想要喔……！」

梅普露是即使明知地雷，只要商品寫著期間限定就會買回家的人，「限定」二字對她有種神奇的魔力。

正因如此，她才會思索能夠填補這般等級差距的戰法。

「唔……總之先出去走走吧！」

梅普露不再死盯公布欄，向北出發。

沒錯，她還不知道。

自己的防禦力是多麼異常。

「反正明天放假……乾脆就直接野宿，發掘新技能！」

梅普露的道具欄裝了睡袋。有了它，就能在野外安心消磨時間。雖然是用一次少一個的消耗品，也是她賣掉各種素材一點一點存錢才好不容易買來的。

別看她裝備金光閃閃，實際上卻是窮得很。

於是乎，梅普露來到了北方森林。

在這紮營，為的是狩獵兩種怪物。一種叫爆炸瓢蟲，顧名思義，就是會使用自爆攻擊的瓢蟲。

另一種就是各種遊戲的常客——哥布林。

「好……【嘲諷】！」

梅普露的身體放射出圓形光輝，吸引怪物，而她專挑哥布林打。這次有五隻哥布林，其他怪物怎麼攻擊也傷不了她，全丟著不管。

哥布林揮舞他們粗劣的劍往梅普露一陣亂砍，不過就算她【AGI　0】，有這麼大的盾牌也不至於擋不了只會從正面砍來的對手。只要蜷縮身體，盾牌就幾乎能為她擋下所有攻擊。

梅普露就此忠實地重複確實抵擋再彈開的步驟。哥布林有五隻，效率就是五倍。

『恭喜您取得新技能【塔盾熟練Ⅰ】』

這是張貼在情報公布欄的基本技能之一，梅普露早就預習過了。

如此一來，裝備塔盾時就能減免1％傷害。不只是提升ＶＩＴ，梅普露也想把所有減傷技能一個個全都學起來，確實提升防禦力。

「【嘲諷】！」

再引來更多哥布林，一次讓十隻打，加倍效率。

【塔盾熟練Ⅰ】幾個小時就成長為【塔盾熟練Ⅳ】，能減免4％傷害。

她還因此取得了【步法】和【格擋】技能。效果都是減免1％傷害。

「這樣就差不多了吧。」

最後，她以【盾擊】打垮辛苦了這麼久的哥布林。不過也不是一擊解決，是用盾牌敲了老半天。

『恭喜您取得新技能【殘虐無道】。』

這時，梅普露取得了意料外的技能。

她的玩法和其他玩家完全不同，全都是花時間一擋再擋，所以拿到的淨是其他玩家難以輕易發現的技能。

【殘虐無道】

每次刻意承受敵人攻擊就取得【ＶＩＴ　＋１】。

發動後效果持續一天。

上限為【ＶＩＴ　＋25】。

取得條件

刻意讓可以打倒的怪物持續攻擊你超過一定時間。

同時，至今從未受過死亡懲罰。

「開心的意外來啦！」

梅普露忍住想蹦蹦跳的心情，往森林深處前進。

沒錯，這次她是開始遊戲以來第一次——

為尋找還沒有任何人發現的技能而練功。

爆炸瓢蟲一如其名，就是會爆炸的瓢蟲。大小是正常瓢蟲的兩倍左右，經驗值差，又棲息在森林深處，農起來很費工夫。而且體積小難以閃躲，傷害又大，所以幾乎沒人在這農，梅普露可以輕鬆獨占。

梅普露一來到爆炸瓢蟲的棲息地就用【嘲諷】吸引牠們，幾乎沒人農，使得一次就飛來一大堆。對此，梅普露將新月刀身稍微抽出鞘中。

「【麻痺尖嘯】！」

雖說是尖嘯，聲音卻不大，但的確有「鏗」的一聲。

由於她賦予新月的技能來自於毒龍，技能名稱幾乎都與龍有關。

這是以聲音觸動，較為特殊的技能，而梅普露是以收刀回鞘時的「鏗」聲觸動。

沒有任何深奧的原因，就只是因為帥而已。

瓢蟲嘩啦啦地散落一地，看得梅普露滿意極了。

接著，她蹲下來閉上眼睛。

捏起瓢蟲一隻隻地吃下去。

「啊……感覺好像跳跳糖喔！閉上眼睛就不會怕了。再說，我連毒龍都吃了，現在哪還會怕這個……」

梅普露這麼做，並不是純粹想吃。

吃到約五十隻時，事實證明了她的想法沒錯。

『恭喜您取得新技能【暴食】。』

『恭喜您取得新技能【炸彈吞噬者(Bomb Eater)】。』

「那現在……應該不用再吃了吧。」

梅普露跟著檢視新到手的技能。

【暴食】

吞噬各種物體，化為食糧的力量。

能將魔法、攻擊或道具轉換成自己的MP。

超過MP最大值的量，將化為魔力結晶，累積於體內。

取得條件

食用一定量的致命性危險物品。

【炸彈吞噬者（Bomb Eater）】

減免50%爆炸傷害。

取得條件

以吸取生命方式擊敗爆炸瓢蟲。

「好技能！啊～不枉我吃得這麼辛苦。」

梅普露將【暴食】賦予了「闇夜倒影」。

【暴食】是常駐效果，沒有次數限制的問題，這樣就能使魔法攻擊失效，在擋下攻擊後吃掉對方的武器，癱瘓其戰力。

「然後轉換成魔力結晶，用『新月』放大魔法！呼嘿嘿……超帥的……」

啪！梅普露抽出新月，擺出向前刺擊的動作。這意象訓練實在是完美到完美過頭啦。

「其實我原本是來找爆炸系魔法的……結果好就好了！」

再來就只是升級到升不上去了。

第一次官方活動究竟會是怎樣的結果？梅普露一邊想像著活動開跑後的情況，一邊努力升級。

第五章　防禦特化與活動開始

活動開幕日終於到了。梅普露叫出藍色的屬性面板，作最後一次檢查。

梅普露
Lv20　HP　40／40　MP　12／12
【STR　0】【VIT　160〈+66〉】
【AGI　0】【DEX　0】
【INT　0】

裝備

頭　【空】　身體　【黑薔薇甲】
右手　【新月：毒龍】　左手　【闇夜倒影：暴食】
腿　【黑薔薇甲】　足　【黑薔薇甲】
飾品　【森林女王蜂之戒】
【空】
【空】

技能

【盾擊】
【步法】【格擋】【冥想】【嘲諷】
【塔盾熟練Ⅳ】
【絕對防禦】【殘虐無道】【以小搏大 (Giant Killing)】【毒龍吞噬者 (Hydra Eater)】【炸彈吞噬者 (Bomb Eater)】

「好！萬無一失。如果不會受傷就好了……」

梅普露受傷經驗極少，不習慣受傷的感覺。

而她還是第一次和玩家戰鬥，緊張也是沒辦法的事。

在起始廣場等候片刻，參賽者愈聚愈多。

空中浮現出巨大螢幕，轉播有趣玩家的戰況。工匠或不參加的人，主要就是看螢幕同樂。

「各位久等了！第一次官方活動！大混戰開始！」

廣場頓時到處是「喔喔喔喔喔！」的呼號，梅普露也有點害羞地舉起手跟著叫。

廣播繼續響亮地播放。

「那麼，我在此重新說明活動規則！時間限制三小時，各位參賽者會傳送到特設的活動專用場地！分數是以擊敗的玩家數、被擊敗的次數、受傷量和傷害輸出量等四個項目來計算，由高到低排列名次！前十名將獲得紀念品！請各位加油！」

說完，空中畫面就開始顯示傳送的倒數計時。一歸零，含梅普露在內的所有人就被光暈包圍，傳送到活動場地去了。

「嗯……這裡是……？」

梅普露察覺炫光消退而慢慢睜眼。

看來人是在頹圮廢墟中央的廣場。

乍看之下，周圍一個人也沒有。沒有一睜眼就進入戰鬥，讓緊張的梅普露安了點心。

「反正跑也追不到人……就在這裡等吧！」

梅普露找個大塊石磚坐下，等待其他玩家來襲。心情很放鬆，手卻穩穩地牢抓盾牌。

拿樹枝在地上畫了一陣子圖之後，周圍傳來許多「沙沙沙」的聲響。

「來了嗎！」

抬起頭，見到對方逼到攻擊範圍內，就要劈下高舉的劍。

「逮到了！」

以前的她或許擋不下這一擊，但她現在有【塔盾熟練Ⅳ】，塔盾以更順暢的動作擋下了劍。

劍當場被盾牌吞噬，消失不見。

「啊？唔、唔哇啊啊啊啊！」

由於劍不是被盾牌彈開，襲來的男子直接從手往盾牌上撞，半截身體都遭吞噬而化為光點消失了。既然他失去主武器，就無法回歸戰線，只能旁觀了。有後備裝備就另當別論，不過戰況會更艱難吧。

最後，他的生命化為一顆美麗的紅色結晶，裝飾在盾面上。

「繼續畫！」

梅普露又一副滿身空門的樣子，在地上畫起圖來。

沒錯，開心畫圖的她真的是渾身破綻。那不是刻意引誘，但還是有個三人團上鉤了。

在活動中組隊並沒有違規。他們這是希望至少讓團隊中有一個人能擠進前十名。

男劍士動身了，毫無花招地直線猛衝，對【ＡＧＩ　０】的梅普露而言是非常地快。

可是雙方間距有十公尺，速度還是遠不及梅普露敲出收刀聲。

「【麻痺尖嘯】。」

「鏗！」地一聲輕響，三個玩家直接倒地。

盾上的紅色結晶也「啪唧」地迸碎。梅普露手提塔盾站起身來。

「嗯……我打贏了！」

這次她沒有破壞對方主武器，只用盾碰劍士玩家頭部。剎那間，他化成光點消失了。

梅普露繼續用同樣方法擊敗其他兩人。

盾上紅色裝飾隨之更為閃耀，且浮現新的紅色結晶。

「塔盾……比我想像中強很多嘛！」

這樣不會有人嫌弱啦。梅普露點點頭，回到原位。

會說：「像妳這樣的怪物塔盾玩家沒有第二個了啦」的人，在場一個也沒有。

【NWO】第一次活動觀戰席3

241名稱：無名觀戰者
冠軍沒意外就是培因了吧？
現在整個遊戲等級最高的就是他，正在開無雙。

242名稱：無名觀戰者
好恐怖。
動作根本不是人w

243名稱：無名觀戰者
能夠一路贏上來的，真的都是名人耶。

244名稱：無名觀戰者
頂尖玩家當然強啊。

245名稱：無名觀戰者
啊？現在這個……太凶了吧？

２４６名稱：無名觀戰者

哇，螢幕上這個好強！

２４７名稱：無名觀戰者

目前成績排行榜上，

有個玩塔盾的叫梅普露，

幹掉一百二十個竟然沒損過血。

２４８名稱：無名觀戰者

啥！

２４９名稱：無名觀戰者

外掛？喔不……應該不會。

２５０名稱：無名觀戰者

這麼能殺的話，應該上螢幕了吧？

251名稱：無名觀戰者
她嗎？正在播。

252名稱：無名觀戰者
盾牌ｗ　把劍吃掉了ｗ
是怎樣ｗ

253名稱：無名觀戰者
長這麼可愛，玩法也太凶殘了吧～
遇到她的削弱和那個塔盾，就幾乎無法抵抗地掛掉了。

254名稱：無名觀戰者
可是動作太慢了吧？
看她一直反擊到現在。

255名稱：無名觀戰者
動作那麼慢，正常應該會失血吧。

看吧，被打了……啊？

２５６名稱：無名觀戰者

啊？

２５７名稱：無名觀戰者

啊？

２５８名稱：無名觀戰者

她為什麼用頭把往她腦袋劈下去的巨劍彈回去？

２５９名稱：無名觀戰者

咦？認真問一下，真的能這樣嗎？

２６０名稱：無名觀戰者

能的話大家都會了。

２６１名稱：無名觀戰者
有沒有比起塔盾和削弱，本體還比較謎的八卦。

鏡頭回到活動區域，梅普露終於坐膩了，順著一直線的大道慢慢地走。
前方相當熱鬧，竟一次聚集了五十人。
她至今雖看過幾個隊伍，一次見到五十人還是第一次。
幾乎全是法師，一見到梅普露就高舉法杖朝她丟法術。
他們恐怕已經在這條直線道上獵了不少玩家。
動作毫不拖沓，相當熟練。

「看我用大魔法轟掉你們！」
魔力結晶累積太多，黑盾都要變紅盾了，梅普露自然想找個機會用一用。
由於不需要魔力結晶，她直接用盾牌硬擋近五十名法師施放的魔法。
等到對方停止施法，才抽出腰間的短刀。
展現全部刀身，以使用最高威力的攻擊。

從刀身展開紫色魔法陣，噴發紫色光芒。

「【毒龍（Hydra）】！」

擁有三顆頭，全身皆是劇毒的毒龍，以塔盾所有魔力結晶為代價，化作往前方三個方向擴散的毒海。

不只是法師集團，其他附近的玩家也一同遭殃，不堪一擊地變成光了。

295名稱：無名觀戰者
這也太凶了吧？

296名稱：無名觀戰者
有夠詭異。
連防禦技能都不用，純靠ＶＩＴ無傷硬吃魔法，
還有靠北強的魔法。
她屬性到底是怎麼點的？

297名稱：無名觀戰者
不怕魔法不是因為鎧甲還是某些誇張的技能嗎？

298名稱：無名觀戰者
大範圍技能幾乎都有特效，從她鎧甲沒發光來看，恐怕是什麼也沒有。
大概吧。
不是絕對。

299名稱：無名觀戰者
嗯，
目前看不出鎧甲有什麼特別……應該。

300名稱：無名觀戰者
那個會走路的要塞到底是怎樣ｗ

301名稱：無名觀戰者

真的是會走路的要塞。笑屎。

剩餘時間來到一個小時。一小時之後，活動排名就要底定。

如此緊張狀態中。

廣播高聲響起。

「目前前三名次為第一名培因、第二名絕德、第三名梅普露！若能在接下來一小時中擊敗前三名任何一人，將奪走他們分數的三分之一！三人的位置都已經標示在地圖上了！請各位拚到最後！」

「看來事情沒那麼簡單呢。」

培因氣定神閒地說。

「呃～這樣是要整人喔？」

絕德一臉的不願。

「好耶！我第三名！」

梅普露好高興。

三人向各地展現不同反應當中，活動來到最高潮。

所有玩家爭先恐後地奔向前三名，要獵他們的頭。

「找到了！就是她！」

玩家們陸續湧出森林。

其中當然不乏ＡＧＩ點高的玩家。

梅普露當然跟不上他們的速度，只能眼睜睜看著刀子往她脖子揮下。

「啊？為、為什麼？」

然而那種攻擊對梅普露一點用也沒有。

以為一定能收拾她的敵方玩家在進行下一個動作之前，已經被塔盾吃掉了。之後也有許多人前仆後繼，結果都是對自己的武器為何打不出傷害大感疑惑，遭到吞噬。

玩家也不是傻子，見到幾次這樣的畫面便不再冒然進攻，步步為營地縮短距離。注意力放在秒殺塔盾的人尤其多。

但是，他們沒注意到梅普露真正用來攻擊的不是塔盾，而是短刀。

「【致死毒息】。」

梅普露將新月抽出一半，刀鞘隨之湧出濃烈的紫霧。

「【麻痺尖嘯】！」

一個個倒地的玩家們無法逃脫那致命的毒霧，從最前端依序變成光點了。

到頭來，打梅普露主意的玩家就只是變成了她的分數。

◆□◆□◆□◆□◆

「活動結束！到最後，前三名的次序還是沒變！那麼接下來就是頒獎典禮了！」

一陣白光覆蓋眼前之後，梅普露發現自己回到了起始廣場。

主持人請一到三名上台領獎，梅普露便乖乖上台。她直挺挺地面向前方，眼前人山人海的視線，羞得她滿臉通紅。

當她緊張得腦袋一片空白時，麥克風交到了她手上。

「接下來是梅普露小姐！說句話吧！」

主持人說「接下來」，就表示其他兩人都說過得獎感言了吧，可是梅普露實在太緊張，完全沒聽見。

「咦、啊、咦？呃，那個，能夠平安撐到最後真是太好惹。」

梅普露大舌頭了。

在萬眾矚目下大舌頭了。

而且完全不曉得該說什麼才好，說得亂七八糟。

也不知道自己羞到不敢看前面的模樣，已經被許多玩家錄成影片保留下來。

領了紀念品之後，她就匆匆返回旅館。

當晚，討論板上出現「梅普露超可愛」、「梅普露超強」等論串，熱鬧得不得了。

第六章　防禦特化與屬性考察

【ＮＷＯ】梅普露美眉之謎【考察】

1名稱：無名長槍手

開串嘍！

2名稱：無名巨劍手

喔！

議題就是我們梅普露美眉了。

3名稱：無名法師

老實說，我覺得她比培因還恐怖。

怎麼只有第三名？

4名稱：無名長槍手

因為她都在一開始的廢墟畫畫。

5名稱：無名弓箭手

太可愛了吧ｗ

6名稱：無名塔盾手

我都毛了，那真的是塔盾嗎？

對了，我是第九名。

7名稱：無名長槍手

果然厲害。

塔盾也能衝上去。

（故意不看梅普露）

8名稱：無名巨劍手

我PO一點梅普露美眉目前的資料。

第一次活動：

梅普露第三名。

死亡數0

受傷0

擊殺數2028

裝備有會吞噬敵人的神祕塔盾，還有會產生超扯負面狀態的短刀和黑色鎧甲。

黑色鎧甲似乎沒有什麼奇怪的能力。

她異常的防禦力，甚至能硬吃五十個法師的集中砲火。

9名稱：無名法師

真的不管看幾次都覺得很扯……

10名稱：無名塔盾手

塔盾→說不定真的有這種裝備……嗯。

短刀↓還是有可能有。
梅普露美眉本體↓啥？
本體的屬性和技能配法是最大的謎。
她的ＶＩＴ到底是多高啊……

１１名稱：無名巨劍手
真的是步行要塞。
真的。

１２名稱：無名弓箭手
好像單純就是靠ＶＩＴ硬撐耶。
話說有人猜得到梅普露美眉有什麼技能嗎？
擋魔法攻擊的時候，好像有東西在發亮，肯定有用技能。

１３名稱：無名塔盾手
負面狀態↓猜不到。
提升防禦力↓有那麼強的技能我早拿了。

塔盾↓猜不到。

１４名稱：無名法師
就是啊。
梅普露美眉有什麼技能，我一個都猜不到。
不過她應該有些基本的吧。
她的常駐技能我真的連底都沒有。

１５名稱：無名弓箭手
根本是單挑最強吧？

１６名稱：無名法師
真的有可能。
如果躲不掉範圍那麼廣的負面狀態攻擊，真的打不贏。
系統說致死毒素什麼的，是相當高等的魔法。
所以我就覺得奇怪了，她到底有多少ＭＰ？
連續用那麼多魔法，不過她應該是全點ＶＩＴ吧？

正常ＭＰ根本不夠用。

１７名稱：無名巨劍手
關於那個……大概塔盾能儲存魔力吧。
把吃掉的東西累積成魔力的感覺。

１８名稱：無名長槍手
所以盾上那些紅色的結晶就是魔力吧。
每次用魔法都會破掉幾個。

１９名稱：無名巨劍手
也就是說梅普露美眉的戰術——
自己本身用高到誇張的防禦力把所有傷害壓到零，
再把有可能打穿裝甲的攻擊或玩家轉成ＭＰ，
最後用負面狀態掃全場。
就是這樣吧。

２０名稱：無名長槍手
哪來的最終魔王。

２１名稱：無名弓箭手
是啊……太鬼畜了吧～

２２名稱：無名塔盾手
而且她說不定還有技能沒用出來。
可能還會回血，只是這次沒人讓她受傷，看不出來。

２３名稱：無名法師
最終魔王不能回血不是老規矩嗎！

２４名稱：無名巨劍手
我自己在這裡打字都想笑。
再說她才剛開始玩，
有夠誇張的超級新人。

25名稱：無名法師

我看下次活動，連鎧甲都要有異常功能了！

選我正解。

26名稱：無名弓箭手

其實她已經是頂尖玩家了吧……

有夠扯的。

可愛又超強，真是太棒啦！

27名稱：無名長槍手

就默默祝福她吧。

雖然屬性是第一線水準，內心還是新手呢。

28名稱：無名巨劍手

就是啊。

以後就請各位各自調查了。

29名稱：無名弓箭手

遵命！

30名稱：無名法師

遵命！

31名稱：無名長槍手

遵命！

32名稱：無名塔盾手

遵命！

第一屆官方活動翌日，梅普露又來到布告欄前抄筆記。

她要繼續收集減傷型的技能，正在記錄欄上所有取得條件已經揭曉的減傷技能。

明天正好是「NewWorld Online」上市三個月，會有一次大型更新，包括新增幾種技能和道具。網路上討論得沸沸湯湯，不過重點另在他處。

那就是，只要打倒目前地圖最北端地城的魔王，就有資格進入隨更新上線的新地區。

當然要組隊還是單打，都隨玩家高興。

說得更單純點，攻破地城就能進入第二階地區。

等技能收集得差不多，梅普露也想去挑戰看看。

「今天……就來拿【大防禦】吧！」

梅普露勢在必得地這麼說，但隨後就發現一個問題。闇夜倒影擁有吞噬其接觸物體的凶惡技能，這樣拿不到以承受攻擊為條件的【大防禦】，因為還沒打中就消失了。

「嗯……既然有這面塔盾，搞不好不需要……喔不，可是我……還是想盡量多拿一點技能……」

想了一陣子，梅普露靈光一閃，邁開步伐。

「不知道行不行。」

目標是之前克羅姆帶她去的伊茲的店。

「哎呀，歡迎歡迎！妳現在變成大明星嘍……上次來的時候還在穿新手裝呢。」

「謝謝伊茲姊！那個……我今天來是有事想拜託妳，如果不行就直接說，不用勉強……」

如此提詞之後，梅普露開始說明來由。伊茲聽到最後，作確認般開始複誦。

「妳想知道一套以造型為重點，屬性無所謂的純白裝備要多少錢是吧……這個嘛……只要自備材料，大概一百萬G吧。如果材料好，屬性說不定也會變高喔。」

闇夜倒影是戰鬥用的塔盾，不適合練技能。

因此，梅普露決定另外找一面練技能專用的塔盾，不過她對外觀有所執著，不打算買太遜的路邊貨。尤其她現在備受矚目，需要顧及造型。

所以，乾脆就請伊茲做一套裝備。

原本是漆黑，現在換純白。

梅普露呵呵呵地笑。腦中已經浮現自己穿上純白裝甲的模樣。

「知道了！我會帶錢和材料過來的！」

就這樣，梅普露跑出店外。

為了收集材料取得地點的資料，返回情報公布欄。

首先需要有足夠硬度的白色材料。梅普露在公布欄找到兩種符合條件的。

一個是白水晶，不過【DEX 0】的梅普露不知道挖不挖得到。

於是梅普露選擇的另一個方向。

地點位在城下鎮南方的廣大地底湖。據說這座湖泊藏有祕密，但至今仍未發現可疑之處。

梅普露要的，是一種鱗片堅硬且色白如雪，集體行動的魚。帶頭的一尾，顏色卻是藍得像融在水裡。

「小學的時候有聽過這種故事耶～！好懷念喔！」

梅普露添購一式釣具，意氣風發地前往地底湖。

「我看看……好，就在這釣！」

噗通一聲，梅普露開釣了。接下來就是靜靜等待獵物上鉤。

二十分鐘後。

「上、上鉤了！」

梅普露使勁拉釣竿，使寧靜的地底湖響起一陣濺水聲。

奮戰到最後，那雪白的魚終於被她拉出水面，落在背後跳個不停。

放了一會兒後，魚留下一片五公分左右的鱗，化成光點消失了。

正常的鱗片應該小得多，不過梅普露知道這是遊戲故意放大，直接收進道具欄裡。

還需要許多鱗片才夠打造裝備，可惜明天要上課。

「想不到會這麼花時間……唔唔唔……今天只能再釣兩隻了……」

由於釣魚關係到ＤＥＸ和ＡＧＩ，梅普露的效率等於最低。工匠型配點的人，例如伊茲，一分鐘就能釣一隻吧。

出於無奈，梅普露只好早早收工，登出下線。

不能只顧玩遊戲而荒廢現實。梅普露在這部分和朋友理沙不同，還算明理。

「呼……今天到這裡結束！要準備明天的東西了！」

楓關閉主機電源，依明天課表將課本放進書包。

「再來就是……晚安啦。」

在床上平躺幾分鐘，楓就發出細小的鼻息。

應該會有場好夢吧。

第七章　防禦特化與朋友

「好啦……我走嘍～！」

穿上制服上學去。

這幾天日照開始變強，暖洋洋地很舒服。總算有春天的感覺了。

楓的座位在窗邊，一不小心就會舒服得睡著。看這樣子，往旁兩個座位的理沙下午是睡定了。

她一面想著這些事，一面往學校走。她家離學校很近，可以走路上學，而且只要五分鐘就到了。

一路上清風相伴，走起來一點也不累。

沒有花粉症的她，十分喜歡這個季節。

「好！今天也要加油！」

穿過校門走向教室，在自己的位置坐下。

以往上學時間都是念書，可是開始接觸「NewWorld Online」之後，就變成思考技能

的時間了。光是想像會有什麼技能、該如何取得之類的事，就夠有趣了。

「妳在傻笑什麼呀！」

叩！有人敲了楓的頭一下。

是理沙幹的好事。

「沒、沒什麼啦！」

「真的嗎？啊，對了，我不是來講這種事的，嗯嗯……呵呵呵……話說楓同學，我今天有個大事要宣布喔！」

理沙彎下腰，整張臉湊過來還咳個兩聲，不知道在演哪齣，楓也陪她演。

「唔唔……什麼事呀，理沙同學？嗯～妳今天好興奮啊。」

「對呀，因為！因為！媽媽終於准我打電動了！」

楓啪啪啪地替她鼓掌。

她應該是真的努力K過書了吧，看起來非常開心。光是見到那表情，楓也跟著高興起來了。

「所以呢，硬要妳買遊戲之後就放生妳到現在的我，總算可以上線嘍～」

「那就是可以跟我組隊了吧！」

「嗯，沒錯沒錯。組隊是……呃，妳已經開始玩啦！」

理沙似乎很驚訝，叫得很大聲。

不過兩人都很早到校，教室裡就只有她們倆，不怕吵到別人。

「那個小楓，被我硬逼著買遊戲，心不甘情不願地陪我玩的小楓竟然……」

「嘿……嘿嘿嘿……」

「妳也知道妳是硬逼我買的喔！」

「哎呀，好感動喔……原以為很難有機會一起玩，想不到小楓這麼有心……」

理沙繼續問：

「話說，妳升到幾級啦？還是只開帳號而已？」

「那、那個……我現在……二、二十級了。」

理沙愣了一下，知道那代表什麼般開始奸笑。

「哎喲喲喲……看來我們家小楓是超乎想像地入迷耶～」

「唔唔唔……」

楓紅著臉往理沙一瞪，理沙仍繼續笑了一會兒，不過她沒有惡意，所以楓沒有多抱怨。

「啊哈哈，抱歉抱歉，開玩笑的。既然升了這麼多級，表示妳已經決定好要玩怎樣的角色了吧？」

「嗯！我是防禦特化的塔盾手喔！然後咧……跟妳說應該沒關係吧。」

楓將自己的技能和屬性數值全告訴了理沙。

「那什麼怪物角色啊！不愧是楓，路線和正常人完全不一樣。」

「咦……是嗎！」

「嗯，或者說妳走異常路線拿到的東西實在太強了。啊……這樣要追上妳好像很累耶……」

「那、那跟我練一樣的不就——」

理沙以手指比在胸前做個小叉叉，搖頭說：

「妳是妳，我是我，我才不要因為是朋友就抄妳發現的技能咧！不過……其實我已經知道拿異常技能的線索了啦，那也是沒辦法的事。」

「那麼，妳要玩什麼？」

「既然妳是防禦特化的坦克，那我就玩個法師好了……可是法師跟妳組隊感覺有點普通，而且好像不需要我來攻擊。」

理沙唔唔唔地考慮了一陣子，找到答案似的輕笑起來。

「好！決定了！我……要玩『空氣坦』！」

「空氣……坦？」

「嗯！就是吸引敵人的攻擊，靠閃避讓攻擊全部失效。」

「喔喔喔喔！好帥喔！……可是我已經是坦了耶？」

楓將疑問直接說出口。沒錯，一個團隊裡都是坦職，沒什麼意義。

「楓和我的隊伍打什麼都是零傷害！永遠不會受傷！怎麼樣，聽起來不錯吧？」

隨這話想像那畫面的楓用力猛點頭，手也十分興奮地甩個不停。

「我就是想組這樣的隊，所以要當空氣坦！」

「加油！我也會繼續提升防禦力的！」

兩人相約今晚一起玩之後，話題就此結束，理沙返回自己的座位。

「空氣坦……難度是最高級？不過這樣才讓人有鬥志……！」

這段細小的呢喃，並沒有傳進楓的耳裡。

或許是遊戲玩家的天性吧。

理沙傾向於選擇較難達成的目標。

要實現她方才所說的無傷無敵隊伍，先決條件是理沙能夠持續閃避敵人的攻擊。

數以十計的魔法。

高速連續攻擊。

光是想像自己以毫釐之差閃過它們，並打倒敵人——

「我就受不了啦……！真是太過癮了。」

理沙已經恨不得趕快上完今天的課，早點回家上線了。

「喔～！城鎮是這種感覺啊！」

理沙環視四周，開心地大叫。楓在她身上看見剛開始遊戲時的自己，想起那時候的點滴。

「小楓……啊……好險。梅普露，妳的人和裝備看起來感覺差好多，好不習慣喔。」

理沙改以遊戲ＩＤ稱呼她，並說出自己在這裡的名字叫莎莉。

「莎莉，莎莉是吧。嗯，記住了！」

梅普露也要注意，不能叫理沙的本名。

理沙——即莎莉，很快就和梅普露互加好友，組成隊伍，給她看自己的屬性。

莎莉

Lv1　HP　32／32　MP　25／25

【STR　10〈+11〉】【VIT　0】

【AGI　55〈+5〉】【DEX　25】

【INT　10】

裝備

頭　【空】　身體　【空】

右手　【新手匕首】　左手　【空】

腿　【空】　足　【新手魔法靴】

飾品　【空】

【空】

【空】

技能

無

「妳點了好多屬性喔。」

「這樣才正常啦！……ＶＩＴ、ＭＰ和ＨＰ，現在先不點。」

「為什麼？」

「因為只要全部閃掉就沒有傷害，不需要ＨＰ和ＶＩＴ呀！魔法則是還不曉得需不需要……所以先稍微點一下ＭＰ和ＩＮＴ就好。ＳＴＲ的部分可以稍微用武器補。」

「妳想得好多喔～」

梅普露每次升級都只點ＶＩＴ，什麼都不用想。

「呵呵呵……我要想的和什麼都擋到沒傷害的人當然不一樣呀。對了……第三名的獎品不是裝備啊？」

「那只是紀念幣啦。還期待能拿到好裝呢～」

她的外觀和莎莉聽說的一樣，所以感到疑問。

「沒關係啦……下次活動說不定就有裝備了……對了，然後呢？……有打算去哪裡嗎？」

聽梅普露說今天目標是地底湖之後，莎莉嗯嗯嗯地點頭，似乎有點想法。

「那就交給我吧！我有個好主意……」

梅普露乖乖地豎耳傾聽。

莎莉一路往地底湖狂飆。在遊戲裡身體動得太快，反而會使腦袋感到疲勞而反應減慢，不過程度也是因人而異。

腦袋運作的速度，會體現在反應速度和耐力等玩家個人能力上。

莎莉能跑得這麼順，是因為她很習慣VR遊戲了。

至於我們的主角梅普露——

則是抓在她背上。

她脫下了平時配戴的所有重裝備，說不定大部分的人都認不出她了。

裝備道具雖與STR無關，不過要背一個人，就得額外計入裝備所需的STR。

脫下裝備就是因為這點。

「前面有三隻狼型怪物喔，梅普露！」

莎莉在遊戲裡漸漸冷靜下來，向梅普露下指示。多虧有她一而再地下達明確指示，梅普露對場面的把握比單打時容易得多了。

「收到！」

聽見梅普露回答，莎莉放下她並拉開距離。

ＡＧＩ高的莎莉背著梅普露跑到地底湖，途中遇到敵人就放她下來處理。兩人各司其職，讓梅普露只花了之前五分之一的時間就抵達了。

「喔喔喔喔！真的超快的！」

梅普露穿回裝備，開心地說。

「呵呵呵……崇拜我吧～！」

莎莉一上場就立功，顯得十分得意。

「偶像～！莎莉大人～！」

鬧得差不多之後，兩人開始釣魚。莎莉也買了自己的釣竿，和梅普露並肩坐在湖畔垂釣。

一小時後。

「終、終於釣到第三條了！」

「喔，又上鉤了！」

戰果是梅普露三條。

莎莉十二條。

「因為是等級1就來，光是殺釣來的魚就能升級了耶。」

的確，莎莉已經來到等級6了。

而且——

「拿到【釣魚】嘍！……第一個技能是【釣魚】啊……以後不能笑梅普露怪了。」

【釣魚】需要DEX20才能取得，梅普露一輩子都與它無緣吧。

「莎莉，妳不把屬性點一點啊？」

「等我再多拿幾個技能以後，因為技能會決定戰鬥方式……所以我想先把屬性點留起來。靠起始屬性也過得去啦。」

「有一套～可惡的高手～！」

「也沒有多高啦，只是比妳多玩過幾款遊戲而已。」

兩人繼續釣了一個小時。

梅普露的戰果依然沒變。

不過取得【釣魚】的莎莉提升到二十條了。

「怎麼樣？這樣夠嗎？」

「嗯……感覺還要一小時……好嗎？」

「好哇！可是我有一個東西想試一下……可以不用釣的，直接潛水下去抓嗎？」

「可以呀，還能那樣喔？」

「應該行吧，妳自己還不是老是在試一些莫名其妙的事？以我的ＡＧＩ，應該至少能在一大團魚裡面打倒一隻吧？我還滿會游泳的。」

這麼說之後，莎莉拉拉筋做暖身操，縱身躍入地底湖。

「那麼，加油喔！」

「嗯！我盡量多抓一點！」

莎莉說完就潛入水中，就這麼在地底湖裡到處游了一個小時才回來。雖然有點喘，不過她精力實在是旺盛得不像之前一路狂飆的人。

「拿到【游泳Ｉ】和【潛水Ｉ】之後就簡單一點了！」

她跟著從道具欄拿出八十枚雪白的鱗片。

「真、真的都要給我嗎？」

「反正我又用不到……下次再換妳幫我就好啦。」

「那就這樣！約好嘍，有需要隨時跟我說。」

梅普露感激地將八十枚鱗片收進道具欄。這時，莎莉表情嚴肅地問：

「梅普露啊，現在已經發現的地城只有兩個嘛？」

「呃……嗯，兩個沒錯。」

「我發現地底湖底下有一個小洞。」

「……！該不會！」

莎莉也難掩興奮地點點頭。

「說不定是地城入口喔……不過……」

「嗯……我下不去。」

梅普露的屬性恐怕潛不了那麼久，要是溺水就白白送掉第一次死亡了。

「所以我想小心一點打。說不定能和妳一樣，也打到一套獨特裝備。那麼——」

梅普露了解莎莉想說什麼，有點搶話地說：

「嗯，我會繼續護送妳來地底湖！有借馬上還！」

「我就知道妳會這麼說！梅普露果然厲害！」

「嘿嘿嘿～沒那麼厲害啦～！」

回城下鎮只要登出就好，於是莎莉重回水中，要把【游泳Ⅰ】和【潛水Ⅰ】練高。

第八章　防禦特化與攻略地底湖

532名稱：無名塔盾手
大家到第二階了嗎？我順利進去了。

533名稱：無名長槍手
到了。
剛打贏地城魔王，進去沒多久。

534名稱：無名巨劍手
我也順利打贏了。

535名稱：無名法師

我也——

贏了。

爽啦。

536名稱：無名弓箭手

想不到我也打進第二階了。

537名稱：無名長槍手

咦？我們還滿強的嘛。

538名稱：無名巨劍手

我以為梅普露美眉很快就會殺進第二階，想說先練點等級就有機會追上她，結果……

自己也變成第一批了。

539名稱：無名弓箭手

我也是那樣。

５４０名稱：無名塔盾手
關於梅普露美眉，
她好像還沒到第二階。
而且在我的好友狀態上，還看到她在組隊。

５４１名稱：無名弓箭手
我好像有看到。

５４２名稱：無名法師
可以詳細一下嗎？

５４３名稱：無名弓箭手
不曉得叫什麼名字，裝備還是新手裝。看她們感情很好，應該是現實的朋友。

５４４名稱：無名巨劍手

武器呢？

545名稱：無名弓箭手
應該是匕首。

546名稱：無名法師
是喔，
還以為會是法師或弓箭手。

547名稱：無名長槍手
我也是。

548名稱：無名塔盾手
兩人團的話，那樣配好像不太好。
不過……那畢竟是梅普露美眉的朋友，
說不定不是普通的新手。
有可能是她那一種。

549名稱：無名法師
的確很有可能。

550名稱：無名弓箭手
梅普露美眉：「全點一個屬性很強喔！」
朋友：「真的嗎！那我就這樣點！」

選我正解。

551名稱：無名巨劍手
有兩個梅普露美眉的團啊……
根本無敵嘛。

552名稱：無名長槍手
喂，你們冷靜點。
人家用匕首耶。

５５３名稱：無名法師
啊，對喔。
下意識想成塔盾了。

５５４名稱：無名塔盾手
匕首的話，是全點ＡＧＩ嗎？

５５５名稱：無名弓箭手
可是那樣好像不怎麼強。

５５６名稱：無名巨劍手
沒防禦力，中一下就完了。
而且火力零。

５５７名稱：無名長槍手
大概又會莫名其妙打出一片天吧。

下次活動是什麼時候？

558名稱：無名塔盾手
大概一個月以後，時間好像會加速，慢慢和現實時間錯開。
所以活動實際上是兩小時，因為加速的關係，不能中途參加或退場。
然後鑑於第一次的盛況，把開幕前的罐頭公告縮短了。

559名稱：無名法師
看來官方還滿會做事的嘛。

560名稱：無名長槍手
有一個月的話就很有得練了。
玩家的風格也開始看得出來了吧。
可以判斷得更精確。

561名稱：無名巨劍手
啊～下個活動趕快來啊～

好想知道她現在實力怎麼樣了。

梅普露殊不知網路上有如此對話，今天依舊和莎莉兩人在地底湖那一帶游泳釣魚一整天。

她不時會到外面去，躺在地上用【嘲諷】任怪物攻擊，並反覆進行這樣的神祕舉動。

減傷類技能等盾牌做好以後再練，現在先探尋新技能。雖有白費力氣的可能，但這樣的嘗試對梅普露也是種樂趣。

順道一提，莎莉開始遊戲至今已經兩個星期了。

兩人並沒有刻意配合彼此時間上線。

莎莉會另外騰出些時間，廣泛獵取【游泳】及【潛水】外的技能，淺嘗輒止。

兩人為探索可能是地城的洞穴而終日逗留地底湖之餘，也踏實地為下次活動作準備。

「噗哈……！呼……呼……我下去幾分鐘了？」

莎莉一出水就問梅普露時間。

「好、好厲害喔！四十分鐘！」

「既然我都練到【游泳X】和【潛水X】……所以最多就是這樣了……也就是不能在二十分鐘之內進去裡面就會溺死……」

「二十分鐘一到，我就用好友功能傳密語給妳怎麼樣？會有叮的一聲，應該很明顯。」

「好主意耶，梅普露！那麼……麻煩妳嘍？」

「包在我身上！妳就儘管潛吧！」

「出發嘍！」

莎莉以驚人速度潛入水中。

穿過優游於清澈湖水的白色魚群，節節下潛。游向水草茌苒的湖底，許多稜稜角角的大岩石後頭，進入洞穴。有些水草在洞中散發淡淡藍色光暈，提供照明。

洞穴不出所料，又深又長，彷彿沒有盡頭。莎莉以有如人魚的速度往深處游去。見到岔路，使她的動作停了下來。還以為會是直通到底。

於是莎莉一左一右土法煉鋼地走，將地圖記在腦裡。

探索一會兒後，梅普露的通知來了。是二十分鐘已到的提醒。

洞穴中沒有怪物出沒，也沒有特殊事件，莎莉平安回到了梅普露身邊。

「呼……呼……」

莎莉上岸坐下，調整呼吸。

「怎麼樣？」

「裡面有好幾條岔路……今天就再探一次好了。不曉得到底有多深。」

「那我再傳通知過去喔。」

莎莉重返湖中。上次已經對迷宮路徑有一定認識，這次能以最快速度抵達上次折返的位置。

再次一條條刪去錯誤路徑，不斷深入。

當梅普露的通知又響起的同時。

莎莉也見到了通道彼端的白色大門。

「讚啦！」莎莉稍微擺個勝利姿勢，折返來路。為了把握取得獨特裝備的機會，必須做好萬全準備再來。

「我找到魔王房了！……呼……呼……！」

莎莉一出水就報告喜訊，和梅普露擊掌。接下來只看能不能順利戰勝了。

「我再休息一下就去挑戰魔王。畢竟都找到了嘛。妳呢？」

「我今天差不多要下線了。」

「是喔……不好意思喔，拉妳陪我練。」

「沒關係啦！要打贏喔！」

「那當然！」

梅普露說完就登出，全身發光消失了。

寂靜使得莎莉的感官更加集中。

「屬性要怎麼點呢……」

莎莉

Lv12　HP 32／32　MP 25／25〈+10〉

【STR 10〈+11〉】【VIT 0】

【AGI 55〈+5〉】【DEX 25】

【INT 10】

裝備

頭　【空】　身體　【空】

右手　【新手匕首】　左手　【空】
腿　【空】　足　【新手魔法靴】
飾品　【空】【空】【空】

技能

【劈斬】【二連斬】【疾風斬】【倒地追擊】【猛力攻擊】【替位攻擊】【火球術】【水球術】【風刃術】【沙刃術】【闇球術】【提振術】【異常狀態攻擊II】【低階肌力強化】【低階連擊強化】【體術I】【低階MP強化】【低階MP減免】【低階MP恢復速度強化】【低階抗毒】【低階採集速度強化】

【匕首熟練II】【魔法熟練II】
【火魔法I】【水魔法I】【風魔法I】
【土魔法I】【闇魔法I】【光魔法I】
【斷絕氣息II】【偵測敵人II】【躡步I】【跳躍I】
【釣魚】【游泳X】【潛水X】【烹飪I】

「這35點就先留下來好了……靠迴避取勝。」

這些數量遠勝於梅普露的大量技能，都是莎莉犧牲睡眠時間收集來的。

MP部分，可以減免7％消耗。

恢復速度提升5％，總量＋10。

STR部分是增加5％。

連擊時，最高提升STR10％的威力。

「好！出發！」

擬定好戰略之後，莎莉重返那雪白大門前。

緩緩推開門扉，見到裡頭是個球形的大房間，積了一半水。

房間有氧氣，對莎莉而言是個驚喜的意外。這樣就不必勉強自己用最快速度拚死魔王。

「噗哈！……來……受死吧！」

莎莉嚴陣以待，只見光線受其呼喚般聚集一處，化為雪白巨魚。

巨魚以牠龐大的身軀衝撞而來。

莎莉完全看透這個動作，以毫釐之差扭身閃開，且一個回手，用她紅光閃爍的匕首輕輕劃開巨魚的鱗與肉。

「【劈斬】！」

紅光下，那深染劇毒的紫色刀身，即是【異常狀態攻擊Ⅱ】的表徵。

毒素已滲入巨魚體內。

每次傷害雖小，但仍紮實削減著巨魚的ＨＰ條。

巨魚掉過頭，再次衝來。

莎莉以同樣方式閃避，再斬巨魚一刀。

「【風刃術】！」

赤紅的傷害特效在水中閃耀。莎莉現在威力最大的魔法，只有稍微損傷巨魚鱗片的能耐。

而巨魚的衝撞卻傷不了莎莉。

這時，巨魚的ＨＰ已低於八成。

接著莎莉集中精神，觀察巨魚的行動。

這次的衝撞，在一般玩家看來多半和前一次一模一樣，但在莎莉眼裡卻是完全不同。差異雖小，但的確是慢了。

巨魚果真衝到一半臨時停下，用尾鰭向前方掃出大範圍攻擊。

可是那依然打不中莎莉。

因為她已從敵人頭上ＨＰ條的減損預料到行為模式的改變。

她從巨魚體長準確看出攻擊範圍而後退一步，並於尾鰭掃過眼前之際，以技能將其斬裂。

「【二連斬】！」

莎莉連續閃躲對方攻擊且一一成功反擊，已使她的連擊傷害加成提升到最大。

顏色較深的紅色傷害效果，順利砍進巨魚尾鰭兩次。

同時，【異常狀態攻擊Ⅱ】注入麻痺毒素，緩慢敵人動作。

「【猛力攻擊】！」

莎莉將匕首完全刺進動作變得遲緩的巨魚，並隨即抽刀拉開距離。巨魚的ＨＰ已低於五成。

行為模式改變的時候又到了。

巨魚身體左右兩側浮現白色魔法陣，湧出氣泡。

「【水球術】！」

氣泡一被魔法擊中，就帶著轟隆巨響爆炸了。那些氣泡肯定是碰不得。

莎莉一面閃躲巨魚，一面以水魔法爆破氣泡，製造退路。

躲竄當中，莎莉發現巨魚的行動模式變換成跟隨她走過的路線。

於是她決定順水推舟。

向後一轉，用水魔法爆破氣泡，扭身鑽進那瞬時清出的空間。

「【猛力攻擊】！」

紅色特效在巨魚背上留下一整條紅線。

巨魚被砍出從頭部長達尾鰭的深深傷口，ＨＰ條一次掉了約兩成。莎莉順勢旋身，往尾鰭再補幾刀。

並在巨魚追著她掉頭的剎那，氣泡彈幕追不上牠的速度而變薄了。

莎莉沒有錯過這個機會。

「【風刃術】！」

風刃穿過氣泡之間，痛擊巨魚額部。至此，巨魚的ＨＰ條終於低於兩成，轉為紅色。

同時，巨魚身軀左右的魔法陣消失，房間注滿了水。

會產生爆炸氣泡的魔法陣，出現在上下左右牆面上。

巨魚大口一張，裡頭有個光芒比氣泡魔法陣更強烈的魔法陣。

從各種遊戲訓練出的直覺，使她下意識地移動位置。

緊接著，一道高速水柱筆直射向她前原先所在的位置。

這下她緊張了。下次要躲開那一擊，恐怕需要不小的運氣。

而且氣泡緊逼而來。

糟糕。這情況使莎莉漸失冷靜。

焦慮暫停了她的思考。

這時候更需要鎮定。

莎莉對自己這麼說，安撫焦慮的心，集中精神。

彷彿時間就此停止。

氣泡、水柱，和巨魚的動作。

在莎莉眼中，都變得好慢好慢。

最危險的地方，就是最安全的地方。她看得十分清楚。

敵人的微妙動作、視線。

告訴她水柱的方向。

從現在氣泡的位置，大致能預測會往哪裡擴散，可以先一步製造安全路線。配合過去的遊戲經驗，一次又一次事先開出生存率最高的活路。

簡直是預知未來。

近似開外掛的強大玩家能力。

「【風刃術】。」

輕聲釋放的魔法漂亮地穿過氣泡的重重帷幕，斬中巨魚。

終於——

巨魚的ＨＰ條歸零了。

◆□◆□◆□◆□◆

房間中的積水完全退去，中央出現一口大寶箱。

慶賀之前，莎莉先在地上躺成了大字。

「啊……這麼專心打王實在累死人了……」

儘管升級和取得技能的通知響起，莎莉也依然躺著不動，以後再說。

若情況允許，還真不希望進入那種狀態，但面對那樣的彈幕和高速水柱，莎莉不用心也不行。

躺到精神恢復後，莎莉才爬起來，走向寶箱。

「開箱時間到！」

莎莉用雙手猛然掀蓋。

裡頭是以大海般璀璨的藍為主色，兩端白如水泡的圍巾。

長及腰際的水藍色風衣，和同款衣褲。

最後是兩把宛如無光深海的墨藍色匕首、刀鞘和白色腰帶。

莎莉跟著檢視裝備屬性。

「水面圍巾」

【ＡＧＩ　＋10】【ＭＰ　＋10】【無法破壞】

技能【幻影】

「大海風衣」
【AGI ＋30】【MP ＋15】【無法破壞】
技能【大海】

「大海衣褲」
【AGI ＋20】【MP ＋10】【無法破壞】

「深海匕首」
【STR ＋20】【DEX ＋10】【無法破壞】

「水底匕首」
【INT ＋20】【DEX ＋10】【無法破壞】

「這套裝備……是受到我技能的影響嗎？呵呵……都是我喜歡的裝備耶～雖然東西比梅普露多……可是沒有【破壞成長】和技能格呢。」

莎莉穿上所有裝備，開心地轉個圈。腰帶裝備起來等於短褲的一部分，沒有占據裝飾品空格。

帶著與梅普露不同，一身大幅增加屬性的獨特裝備，莎莉離開了洞穴。

心裡想著明天再和梅普露一起看技能。現在的她就是這麼累。

翌日。

「喔～！妳變好帥喔！」

「是吧～！沒送靴子，所以我自己再買了一雙黑色的……這樣整體感就完美了！」

接著，兩人一起查看莎莉取得的技能。

首先從裝備上的技能開始。

然後是兩樣戰勝魔王後取得的技能，不過其中一樣梅普露已經知道了。

【幻影】

發動時，能使對象所見與你的實際位置座標出現偏差。

對象為使用者以外所有人。

每日限使用十次。

效果持續五秒。

一旦【幻影】製造的偏移幻影遭受攻擊，即當場失效。

【大海】

以使用者為中心於地面散布一灘圓形淺水，觸及水的怪物或玩家，AGI會降低20％。無法在空中使用。

範圍固定為半徑十公尺。

只有使用者不受其影響。

每日限使用三次，效果持續十秒。

【博而不精】

傷害輸出減少30％。MP消耗減少10％。

【AGI　+10】【DEX　+10】

取得條件

擁有十種關於武器、攻擊的技能。

擁有十種關於魔法、MP的技能。

擁有其他十種技能。

> 其中等級最低的技能達十種以上。
> 滿足這些條件，並擊敗任何怪物。

最後一個則是【以小搏大（Giant Killing）】。

「喔……了解了解。要是在打那條大魚之前拿到【博而不精】，搞不好就慘了。」

接著莎莉苦惱了一會兒。

「好像不需要【以小搏大】耶……」

「咦！為什麼？」

「可能對妳比較有用啦……不過我不是全點型，很容易因為切換對象而造成ＡＧＩ忽高忽低之類的，感覺會錯亂。」

倘若屬性不受控制地突然提高，迴避的感覺也會隨之改變，以莎莉這樣的玩法而言是種困擾。

「這樣啊……」

「要【廢棄】掉了吧……」

「那是什麼？」

「咦？」

「咦？」

兩人面面相覷。

「把技能【廢棄】掉……真的可以那樣嗎……」

「妳竟然不知道，我還比較驚訝咧。不管啦，如果要取回【廢棄】掉的技能，要到專門場所花五十萬G才清得掉，所以真的不要時再【廢棄】喔。」

說完，莎莉斷然【廢棄】了【以小搏大】(Giant Killing)。

原本12級的她，現在已是15級。

總共累積了40屬性點，不過莎莉還不打算用掉。

「好，大概就這樣吧！啊，對了！妳現在裝備湊得怎麼樣了？」

「嗯～總之我先請人家幫我做塔盾了，那最重要。短刀和鎧甲晚點再說。」

梅普露將自己到伊茲的店訂製塔盾的事告訴了莎莉。

「這樣啊！活動就快到了……再多收集一點技能好了。」

「既然這樣……要去第二階嗎？……啊，可是要怎麼打？那邊應該也有獨特裝備……要各自去嗎？」

前往第二階的條件是「攻破地城」。若單獨攻破，兩人都知道很有可能取得獨特裝備。

「嗯……我是無所謂啦……我很喜歡現在的裝備。」

「既然妳不需要，那我也不用了。我們就一起打地城吧。」

「好！那麼事不宜遲！」

兩人隨即前往地城，移動方式和來到地底湖時一樣。

「真的好快喔～！」

「要抓好喔？」

目標北方。

照此步調來看，應該不需要多少時間。

第九章　防禦特化與攻略第二階地區

「到嘍！」

「好～！趕快進去吧！」

眼前是石砌遺跡的入口。

若消息正確，第二階的入口就在這裡頭。

梅普露帶頭開路。光是舉著闇夜倒影走，防禦力就夠完備了。

走沒多久，兩人就遇上了怪物。

一隻體型略大的山豬出現在她們面前。又長又粗的獠牙伸出口唇之間，看起來攻擊力很高。

「【風刃術】！」

莎莉先下手為強，擊出魔法。不過野豬的ＨＰ條只削減約兩成。

「唔……威力弱好多喔。這樣我可能要提升【異常狀態攻擊】才行。」

當莎莉如此呢喃時，野豬已重整旗鼓猛衝而來，要把梅普露一口氣撞翻。

結果被塔盾瞬間吞噬了。

「嗯……野豬可以都給妳打嗎？」

「ＯＫ～！」

在這般狹窄的通道，野豬橫衝直撞根本是自殺行為。

野豬們不知梅普露塔盾的能力，全都一個個衝過來送死。

兩人一左一右地在岔路拐彎，一步一腳印地往深處前進。

「喔！有新的來了！」

梅普露見到新怪物而出聲提醒。從轉角後頭出現的，是一頭大熊。

她以為熊也會衝過來而架定盾牌，然而事情並非如此。

只見熊巨爪一揮，一道爪形的白色特效朝她們飛來。

雖然特效同樣被塔盾吞噬而消失，但這已足夠使梅普露大吃一驚。

「嚇、嚇我一跳。」

「想不到熊有遠程攻擊，而且還故意擋路，保持距離呢。」

熊的行為模式比野豬複雜得多，層級應該在其之上。

莎莉掩嘴思忖片刻，說道：

「我來打打看，妳把塔盾直直架好不要動。」

接著她不知低喃了什麼，忽然間，梅普露見到盾牌掉在地上。

熊似乎也看見了相同景象而認為有機可趁，直撲而來。

要是梅普露沒有仍抓著盾牌的感覺，一定已經伸手去撿了吧。

熊在接觸塔盾原來位置的同時消失不見。

接著，塔盾搖搖晃晃地重新出現在什麼也沒有的空間中，掉在地上的塔盾也搖晃著消失。

「這樣【幻影】的實驗算成功了吧。」

「【幻影】啊！看到塔盾突然掉到地上，真是嚇死我了。」

「因為每天有次數限制，這次是為了實驗才用，剩下的就留到打王吧。以後的戰鬥就照樣交給妳啦。」

「嗯！看我的！」

梅普露和莎莉繼續深入。地城本身並不大，只經過約莫十次戰鬥就來到魔王房門前了。

兩人用力推開巨大門扉，進入其中。

房間又高又深，有棵大樹聳立在最深處。

兩人進房不久，背後就傳來重重的關門聲。

接著——

大樹啪嘰啪嘰地改變形體，化為巨大的鹿。

由樹枝變成的鹿角長滿茂密綠葉，還結了紅光閃耀的蘋果。

巨鹿抖動牠木質的身軀，往大地猛踏一腳，瞪視梅普露與莎莉。

「要來嘍！」

「ＯＫ～！」

巨鹿腳下出現魔法陣，釋放綠光。

表示戰鬥就此開始。

魔法陣隨巨鹿踏響地面迸發強光，同時巨大藤蔓破地而出，襲向她們。

「嘿！我擋……」

「哈哈！太慢啦！」

梅普露以塔盾正面擋下並將其吞噬，莎莉則以她自豪的閃避力輕鬆躲過甩動得霍霍作響的藤蔓。

主要火力來自梅普露的新月。

梅普露以毒素形成的毒龍反擊。

毒龍掩覆並消融藤蔓，逼向巨鹿。

但遭到巨鹿設於眼前的綠光屏障阻卻，消失不見。

「咦！」

「大概是那個魔法陣的關係，打不到牠！一定有方法能破解！」

巨鹿再度發動藤蔓攻勢，所幸那對她們絲毫不成問題。

僵持片刻後，莎莉覺得這不是辦法而提議了。

「我先認真觀察一陣子，可以幫我擋嗎？」

「知道了！……【嘲諷】！」

藤蔓尖端明顯開始偏向梅普露這邊，莎莉趁隙進行實驗。

以魔法一再攻擊，使屏障反覆出現當中，她終於發現破綻。

「角的地方打得到！……還有，屏障好像是那顆蘋果在維持的！」

莎莉指著樹葉下閃亮的蘋果說。每當屏障發動，蘋果的光芒就會增強，有小小的魔法陣包圍它。

「那……就交給我吧！我把它們一起轟掉！」

「嗯，拜託了！」

梅普露刺出新月。既然莎莉說打得中角，她便瞄準角來打。再度顯現的毒龍這次沒被屏障阻攔，吞沒並融化所有樹葉，擊飛所有蘋果。

「【風刃術】！」

莎莉立刻嘗試攻擊。這次沒被屏障擋下，直接擊中巨鹿。表示她料得沒錯，蘋果果真與防禦有關。紅色的傷害特效在巨鹿身上迸散。

「好！扣血了！」

「開始放大招嘍！」

浮現於塔盾表面的結晶啪啪啪地爆裂，新月張開巨大的紫色魔法陣，且光芒逐漸增強，化為三頭毒龍襲向巨鹿。

巨鹿的身體隨之融化，接連不斷地跳出紅色特效，無疑是致命的傷害。

可是牠腳下的綠色魔法陣強光一閃，不僅將傷勢補回兩成，還除去了中毒狀態。此後，魔法陣有如達成使命般逐漸淡去。

「剛那招還能放嗎？」

「是可以，不過要一點時間！」

巨鹿不會等她們討論出結果，牠改變行為模式，以風刃和更粗的藤蔓進行攻擊。

而且——

「！」

「唔唔唔哇啊啊啊！」

地面忽然隆起，藤蔓從腳下攻擊她們。敏感的莎莉早一步察覺動靜而及時避開，但

梅普露直接被打上空中。

雖然沒受傷，可是摔在地上仍會遭到【暈眩】效果影響，暫時無法動彈。原以為這下她死定了，結果見到風刃根本砍不動她的ＨＰ，便確定她能撐到爬起來。

然而可以肯定的是，梅普露的大招會因此延後很多。

「沒辦法……只好忍一忍了……」

莎莉雙手抄起匕首，邁步奔去。

嘴上嫌麻煩，表情倒是挺高興。

「就讓我來殺吧。」

她能完全看穿敵人的伎倆。

對於全神貫注的莎莉而言，這點攻擊形同空氣。只見她不慌不忙穿過攻擊間隙，在巨鹿腳邊使用【跳躍Ｉ】，直達巨鹿眼前。

那是風刃不止的戰場唯一平靜的安全地帶。

「我知道這裡是安全區喔？……【二連斬】！」

莎莉凌空旋身，以雙手匕首連刺四刀。

持用兩把武器，單次攻擊傷害雖比一把武器少，攻擊次數卻是一倍，以量制勝。

接著她踏上巨鹿的臉，一路往背部跑。

「【猛力攻擊】！」

這一次是從額部劃到側頸的二連擊。

續以火魔法灼燒巨鹿的背。

在莎莉踏上背部時，有風刃向她襲來。

但是躲起來輕鬆寫意。

「嗯？這裡不是安全點呀？」

莎莉穿梭於咻咻飛過的風刃之間，並趁隙出刀連擊，一截截削去巨鹿的ＨＰ。與此同時——

「嗯嗯……對、對了！要繼續戰鬥……」

梅普露總算爬起來，往巨鹿望去。

然而見到的，只有巨鹿在眼前發光爆散的模樣。

「咦咦咦咦咦咦咦！」

「妳還沒躺完，我就把牠幹掉嘍。」

莎莉回來時這麼說。

對梅普露而言，這樣攻破地城實在是難以言喻地怪。

可是無論如何，兩人都取得進入第二階的資格了。

第十章　防禦特化與系統更新

「啊嗚嗚……」

兩人以第二階為據點開始活動，不過梅普露卻頂著苦瓜臉唉聲嘆氣。

「嗯……我也沒想到活動前兩週會有更新，而且……」

沒錯，兩人等到更新結束就立刻上線，但見到更新內容就傻了。

正確而言，震驚的只有梅普露一個。

更新內容包含部分技能修正，以及強化野外怪物ＡＩ。

由於遊戲公司的政策是不公開技能名稱，哪些技能受影響，只有擁有該技能的人才會知道。

此外還有一項改變。

那就是——

遊戲新增可以穿透防禦力的技能，並減輕此種攻擊造成的痛楚。
每樣武器有三至五種穿透技能，威力也有一定的保證。
最大的問題，則是技能修正的部分。

「唔唔唔……」
「別難過啦……所謂樹大招風嘛，妳也完全嘗過那招原來的強度了。」
莎莉拍拍梅普露的肩，勸她想開點。
關於梅普露的調整，主要有二。
不過照莎莉說來，換個角度來想就是三者皆是了。

首先技能修正的部分，動到了【暴食】。
修正後，【暴食】能力限一天十次，所獲ＭＰ增為兩倍。
由於依然是被動（有次數不算常駐）技能，當闇夜倒影遭受十次攻擊後就只是面塔盾。所獲ＭＰ量增為兩倍，還是可以當作魔力庫來用，不過肯定是大幅削弱。
再來，ＡＩ強化使得怪物更懂得繞背，甚至視情況逃跑。
莎莉說，這是為了防止再出現梅普露這樣的玩家。見梅普露還是聽不懂，莎莉便進

一步說明。

「因為……【絕對防禦】是妳的根基嘛，ＡＩ強化成這樣以後，別人就不能再用白兔輕鬆練了吧？現在白兔不太可能會連續撞同一個人一個小時了……官方大概也沒想到可以那樣拿吧？」

這次更新雖然阻止了再有梅普露這樣的特例產生，不過莎莉認為官方應該不至於狠心到放上太針對性的更新，完全消滅梅普露現在的能力。

「好比說……不會有刪除【絕對防禦】之類的。我想……多半也有幾個頂尖玩家會拿的強力技能也被砍弱了，其中一個剛好就是妳的【暴食】。」

「嗯……我也知道這是沒辦法的事啦，【暴食】真的超強的。可是……加那個實在是……」

莎莉知道梅普露想說什麼，繼續解釋：

「這樣一來，妳也會受傷了呢……加那些技能可能就是因為妳吧。至少不是直接砍弱，又是常有的技能。」

「唔唔唔唔唔……」

梅普露的耐力明顯超乎常軌，所以官方才不得不出此下策，補上這次更新吧。

「還好啦，穿透攻擊本來就是常有的技能，是現在太少了。」

莎莉說到這裡時，梅普露突然雙手合十，滿懷歉意地對她說：

「啊……對不起！沒有無敵這種事了……這樣就組不成無敵團隊了……妳都玩空氣坦了呢。」

然後梅普露又向莎莉道歉。她們的夢想是組出完全不會受傷的團隊，如此一來就幻滅了。

「沒辦法啦。再說就算現在會受傷……也只是變成沒有絕對不會受傷而已……反而會有『打得出傷害特效，但怎麼砍都不會死！』的感覺，這樣再補一個萬夫莫敵的笑容，也還是很帥呀？」

梅普露試著想像對手將砍出傷害視為唯一希望，不停拚命猛攻卻被她笑呵呵地全部承受，最後力竭倒下的畫面。

「喔～好像還不壞……？」

「邪惡的笑容跑出來嘍？」

「哇哇！剛、剛那不算！不算！」

梅普露說得猛搖手，而莎莉微笑著繼續說：

「嗯……不過這樣就要想辦法多加點ＨＰ吧。被穿透攻擊削久了就糟了…………會

痛的部分，妳還好嗎？」

「這個嘛……也不是完全不行吧？比起現實已經很不痛了……而且這種痛好像還有減輕。」

「這部分靠玩家磨練本身耐力就頂得住了……再來是需要補血類的技能和裝備、還有MP和HP方面的吧？」

只要備妥這些技能和裝備，到頭來一樣是無敵。莎莉如是說。

「我就來幫妳找裝備吧！還有一些有用的技能。」

「可、可以嗎？」

「既然是我找妳來玩的，當然有責任找一些能和妳一起開心玩的方法呀？不如現在就一起去找吧？」

「謝謝！」

「當然，我也會有需要妳幫我的時候喔……」

「嗯！到時候就換我加油了！」

梅普露笑容滿面地回答。

「那麼……我們先來練提升HP的技能吧，這應該最重要。我現在就知道幾個，先從這些開始。活動快到了，動作要快喔！」

「喔～！」

兩人隨即奔向野外。

為取得新技能，彌補梅普露的弱點，在第二次活動奪得佳績。

要盡自己一切所能。

為強化能力而奔向野外練功的第二天。

梅普露在第二階的城鎮中，思考未來該如何使用【暴食】。

既然不能像過去那樣隨時能用就得有所節制，在該用的時候用。

「呃……所以要把防禦力提升得更高，把傷害壓得更低……」

梅普露至今都是以一味提升ＶＩＴ，往不拿盾也不會受傷的狀態前進。

「等級也要升高一點才行。」

起身準備繼續去野外練技能時，她收到一條訊息。

「嗯？……啊！伊茲姊找我耶！」

點開訊息往下讀，發現新盾已經完成了。

「對喔，這樣用不用【暴食】就更容易控制了！」

對於正在思考該如何節省【暴食】的梅普露而言，這則完成通知真是場及時雨。

「趕快過去！」

梅普露儘速趕往伊茲的店。

梅普露人一到就開門進去。

隨即與就在櫃台後的伊茲對上了眼。

「這不是梅普露嗎，手腳還真快。」

「是啊。盾牌真的做好啦？」

「那當然。來，拿去。」

梅普露接下她取名為「白雪」的雪白塔盾，立刻裝備起來。

刻有精美雕飾，宛若新雪的白色塔盾上到處鑲有藍色寶石，和闇夜倒影相比毫不遜色。

「謝謝伊茲姊！」

梅普露開心地拿起塔盾到處端詳。

這樣的畫面，讓伊茲看得不禁莞爾。

「話說這面塔盾妳拿起來還真好看。我把耐用度提高一點了……記得有空就拿來維修喔？壞掉就麻煩了。」

「好！」

梅普露活潑地回答。

「還有就是，妳先用它打一場看看吧？我有盡量配合妳調整尺寸……如果還是用不順手，我可以再幫妳改。」

「知道了，謝謝伊茲姊！」

梅普露再和伊茲閒聊幾句之後，就把白雪收進道具欄裡，離開店鋪。

出了門就直往野外走。

因為她也想照伊茲的吩咐，試試白雪用起來稱不稱手。

正所謂打鐵趁熱。

「既然這樣……就乾脆連莎莉交代的訓練一起做吧！」

想起可以一併做的事，讓梅普露幹勁十足地衝向野外。

忙著和莎莉到處收集技能，一星期轉眼就過去了。

換言之，距離活動只剩下一星期可以準備。這時，梅普露又單獨登入，尋找能練的技能。

「莎莉說了我才想到……我完全沒有用塔盾的人組隊時會用的技能呢。」

莎莉曾說塔盾有各式各樣增強防禦力和相關的特有技能，所以梅普露無法配合莎莉的時間而單獨上線時，基本上都是在練這些。

順道一提，她已經和莎莉一起拿了幾樣以提升HP或MP為主的技能。

梅普露一面檢視現在的屬性，一面尋找自己可能所需的技能。

梅普露

Lv24　HP　40／40〈+60〉　MP　12／12〈+10〉

【STR　0】　【VIT　170〈+66〉】

【AGI　0】　【DEX　0】

【INT　0】

裝備

頭　【空】　身體　【黑薔薇甲】

右手　【新月：毒龍】　左手　【闇夜倒影：暴食】

腿　【黑薔薇甲】　足　【黑薔薇甲】
飾品　【森林女王蜂之戒】
【強韌戒指】
【空】

技能
【盾擊】【步法】【格擋】【冥想】【嘲諷】
【低階HP強化】【低階MP強化】
【塔盾熟練Ⅳ】
【絕對防禦】【殘虐無道】【以小搏大（Giant Killing）】【毒龍吞噬者（Hydra Eater）】【炸彈吞噬者（Bomb Eater）】

取得【低階HP強化】和【低階MP強化】，讓她HP加30，MP加10。

加上莎莉送她的強韌戒指，HP再加30。

整體似乎不多，但已經讓梅普露的HP高出一倍以上了。

莎莉說過，要盡快在活動開始之前取得穿透防禦力的技能。

這是為了測試那能對梅普露造成多少傷害，總不能活動開始以後才等著吃虧。

「她幫了我那麼多，我也要拿一點幫得上忙的技能才行……」

於是，梅普露盯上了兩項技能。

「【衝鋒掩護Ⅰ】和【掩護】……這是塔盾的基本技能啊……我都沒有拿。」

這兩樣是塔盾專屬技能，可保護隊友。可說是會組隊的塔盾玩家都會拿的技能。

和莎莉組隊，讓梅普露也對之前認為不需要的這類技能產生興趣。

【衝鋒掩護Ⅰ】

無視ＡＧＩ，立刻移動到半徑五公尺內的隊友身邊。

使用後三十秒內受傷加倍。

可使用十次。

每一小時恢復一次。

取得方法

技能商店即可購得。

【掩護】

替身旁的隊友抵擋攻擊。

發動時ＶＩＴ增加10％。

取得方法

技能商店即可購得。

所謂技能商店，就是販賣基本技能與裝備的ＮＰＣ商店。

除【衝鋒掩護Ｉ】和【掩護】外，還有販賣【劈斬】和【二連斬】等。

梅普露賣掉從地底湖取得的多餘白色鱗片之後得到了一大筆Ｇ，買兩個技能也不成問題。

「馬上就去買！」

梅普露立刻走向ＮＰＣ商店。

因為那說不定能在莎莉危急時救她一命，有先拿的必要。

買到技能以後，梅普露一手提著袋子離開商店，袋裡有兩捆記載技能的卷軸。

她找張長椅坐下，沙沙沙地掏出卷軸打開來看。

上頭的文字發光而消退，卷軸本身也跟著潰散，化為光點消失不見。

「恭喜您取得技能【衝鋒掩護Ｉ】」

「喔喔——！好漂亮喔！」

梅普露接著掏出【掩護】的卷軸，一口氣攤開。

卷軸同樣發光，隨光芒消逝而崩解。

「啊啊……這樣就結束了。還有沒有什麼必要的技能咧……」

她已經調查過目前必須具備的所有技能，當然是沒有漏網之魚。

「算了算了……搞不好以後還會新增……先來練莎莉說的玩家能力好了！」

就這樣，梅普露昂首闊步地邁向第二階的野外。

「唔……好慢喔。實在有夠慢。我自己走路有這麼慢嗎……」

梅普露稍微走遠一點來到沙漠，按莎莉吩咐練技能。在沙漠中漫步一陣子之後，在

莎莉說目前最好練的位置停下來。

「嗯……可是完全沒看到怪物耶…………哇！」

來自背後的撞擊差點讓梅普露往前仆倒。

傷害當然是零，完全沒有死亡之虞。

「怎、怎麼了？呃，是那個嗎！」

梅普露見到疑似撞上她背部的凶手——一隻鼠婦型的怪物骨碌碌地滾走。

滾了一段路之後，怪物攤平蜷成球狀的身軀，沙沙沙地鑽進沙裡去了。

「原來如此……用牠來練防禦嗎。」

梅普露換上雪白的塔盾。

不是別的，正是伊茲打造的白雪。

「白雪」

【ＶＩＴ　＋40】

與闇夜倒影比起來相當單純，沒有特殊技能或屬性，但有ＶＩＴ加值。就現況而言還比較要好。

從這一點，可以看出伊茲的技術有多好。第一線水準的玩家背後，就是有這些頂尖的工匠在支撐。

「好……加油！」

梅普露為自己打個氣，架起塔盾，結果後腦杓馬上就捱了鼠婦一撞。

「哇！給、給我等一下！」

怪物當然不等她，往嚷嚷的梅普露又是一撞。

「唔……我、我生氣嘍！」

梅普露爬起來舉盾，豎耳聆聽。

莎莉說過，靠敵人移動的聲響辨別位置也很重要。於是梅普露把莎莉的囑咐放在心上，盡可能努力搜尋敵人的位置。

「嗯……這邊！」

梅普露向右舉盾，同時鼠婦跳了出來，鏗地一聲被塔盾彈回去。

「好耶……啊！」

才剛滿意地擋下一擊，背後又有其他鼠婦撞來。

「原、原來不只一隻啊。這樣好難喔。」

一連奮戰了兩個小時，梅普露最後的阻擋成功率只有四成左右。

據莎莉說，只要熟悉到能擋住全部攻擊，就應該能在大多數場面避開穿透攻擊。

「四成啊……已經很不錯了吧。莎莉到底為什麼那麼會躲咧……」

簡直像敵人攻擊自動閃開她一樣。梅普露回想著莎莉的身影，先下線休息了。

時間回到不久之前，莎莉獨自登入的時候。她正在考慮該如何配點。

「好，既然方向已經確定，屬性差不多該點一點了。嗯……攻擊手段是愈多樣愈好……那麼ＳＴＲ點15、ＡＧＩ點20，剩下的全點ＩＮＴ……這樣50點就用完了！」

莎莉

Lv18　HP　32／32　MP　25／25〈+35〉

【STR　25〈+20〉】　【VIT　0】

【AGI　75〈+68〉】　【DEX　25〈+20〉】

【INT　25〈+20〉】

裝備

頭　【水面圍巾：幻影】　身體　【大海風衣：大海】

右手　【深海匕首】　左手　【水底匕首】

腿　【大海衣褲】　足　【黑色長靴】

飾品　【空】

【空】

【空】

技能

【劈斬】【二連斬】【疾風斬】【破防】
【倒地追擊】【猛力攻擊】【替位攻擊】
【火球術】【水球術】【風刃術】
【沙刃術】【闇球術】
【水牆術】【風牆術】【提振術】【治療術】
【異常狀態攻擊Ⅲ】
【低階肌力強化】【低階連擊強化】【體術Ｉ】
【低階ＭＰ強化】【低階ＭＰ減免】【低階ＭＰ恢復速度強化】【低階抗毒】
【低階採集速度強化】
【匕首熟練Ⅱ】【魔法熟練Ⅱ】
【火魔法Ｉ】【水魔法Ⅱ】【風魔法Ⅱ】
【土魔法Ｉ】【闇魔法Ｉ】【光魔法Ⅱ】
【斷絕氣息Ⅱ】【偵測敵人Ⅱ】【躡步Ｉ】【跳躍Ｉ】
【釣魚】【游泳Ｘ】【潛水Ｘ】【烹飪Ｉ】【博而不精】

「光魔法升到Ⅱ，可以用【治療術】了……【異常狀態攻擊】升到Ⅲ，上異常狀態的機會也更高……又拿到穿透攻擊，這樣攻擊和支援都及格了吧。」

莎莉關閉屬性畫面，前往野外。目標是稍遠處的森林深處。

「趁梅普露不在的時候拿個帥氣的技能，嚇她一跳吧。」

莎莉要攻略的是現在遊戲中常見的ＮＰＣ事件之一。

森林深處有個小屋，完成那裡的任務即可獲得技能【超加速】。

「條件是【ＡＧＩ　70】，幸好點數差不多夠！」

莎莉也以自己的方式強化自己，為第一次和梅普露組隊打活動作準備。

◆□◆□◆□◆□◆

「好，到啦！」

莎莉順利抵達林中小屋。乍看之下，就是個平凡無奇，很正常的小木屋。

旁邊有條清澈的小溪，水車緩緩轉動。

屋前是幾片小田，還有看似砍到一半就留在原處的幾塊柴薪。

悠揚的鳥鳴聲，十分悅耳動聽。

莎莉走近小屋敲兩下門，等屋主應聲。

不久，門向內開啟。

開門的是拄著拐杖，有把長長白鬍鬚的老公公。

「難得會有人來這麼偏僻的地方……先進來坐會兒吧，這附近有很多討厭的怪物。」

聽老公公這麼說，莎莉便依他的邀請乖乖進屋。

要是ＡＧＩ不夠，老人就不在家，事件不會開始。

屋裡只擺了生活必需的家具，非常簡樸。

唯一引人注意的，是置於牆上棚架的匕首。儘管老舊，卻散發著確切的存在感。

莎莉順老公公的意，在桌邊的椅子坐下。

老公公跟著送杯茶到她面前。

「喝杯茶吧。身體會多少補充點體力。」

「呃……謝謝你，那我就不客氣了。」

老公公說得沒錯，莎莉一喝下茶就感到體力恢復了。

具體而言，是ＭＰ補滿了。

由於喝茶前ＨＰ沒有減少，不知道會不會恢復ＨＰ，據網路消息是有。

「嗯……妳就休息一下吧。我去打點【魔力水】。」

【魔力水】是從能恢復魔力的湧泉汲取的水，湧泉位置也能從第二階地區城鎮的ＮＰＣ打聽到。

這口湧泉位在離木屋約三十分鐘路程遠的地方。

此時，莎莉就等這一刻般開口了。

「別這麼客氣，讓我幫你打水吧。」

「嗯？這樣啊……那就恭敬不如從命啦……最近我腳力也大不如前了呢。」

老公公說完就交給莎莉一個玻璃瓶。

莎莉面前跟著出現藍色面板。

顯示著ＹＥＳ／ＮＯ字樣。

莎莉當然是選ＹＥＳ接受任務。

有些工匠一進第二階就去確認【魔力水】的存在，可是怎麼做也汲不起水來。

頂多只能當場喝一口恢復ＭＰ，但那個時間點就是無法帶走。

只有使用在這場事件中拿到的玻璃瓶，才能汲取【魔力水】。

而且汲起後一個小時，就會從道具欄中消失。

表示泉水是專為這個事件設置的。

「我這就去嘍！」

「不好意思……麻煩妳啦。」

莎莉立刻離開小木屋，往泉水飛奔。

棲息在那一帶的怪物主要有三種。

第一種叫大蜘蛛。

一如其名，就是很大的蜘蛛，寬達一公尺。能用蜘蛛絲束縛敵人，相當棘手，莎莉自己也不太善於應付吐絲攻擊。

第二種是催眠甲蟲。

這是會施加異常狀態，讓目標睡著的獨角仙。體型只比正常獨角仙略大，是種容易漏看而遭到偷襲的恐怖怪物。

第三種是樹人。

會偽裝成普通樹木，專門偷襲。

不過他們是森林中唯一會結紅色果實的樹，並不難認。

只要事先知道這點，迴避率就能大幅提高。然而他們的樹枝和根能伸得相當遠，有很多玩家因此受困而戰敗。

莎莉一路奔入森林。

和事先調查的一樣，事件中沒有遇到任何怪物。

而且三十分鐘一到，她也正好來到了泉水前。

「好美喔……」

無比清澈的泉水微微發光，照亮周圍花草樹木。

那夢幻的景象，讓莎莉也忍不住佇足停留，欣賞片刻。

最後喝點泉水恢復ＭＰ，集中精神。

「接下來……就是重點了。」

莎莉使用玻璃瓶汲取泉水並收進道具欄，現在有一小時的限制。

若無法在時間內趕回小木屋，事件就算失敗。

來路連個影也沒有的怪物，如今恭候多時般充斥整座森林。

「要衝嘍……」

莎莉轉身衝進森林，一股腦地疾奔。大蜘蛛的刺耳叫聲從四面八方傳來。

從現在起，這場事件才真正開始。

要在一小時內走完沒有怪物時需要三十分鐘的路。

想要【超加速】，就非得通過這場考驗不可。

蜘蛛絲從樹上和草叢間咻咻咻地射來。要是中招被逮，就當場完蛋了。

「嘿！……！【幻影】！」

一大群催眠甲蟲撲上不停奔跑的莎莉。

可是她的形影忽然一歪，消融在空氣裡。

一旁，莎莉安然突破了甲蟲群。

「好險好險……嘿！」

尖銳的樹根從她腳邊伸來。

以她的生命值而言，一擊就必死無疑。

所以絕對不能停留，必須一面閃避樹根，一面注意周遭。

結了紅果實的樹有三棵，肯定都是樹人。

「【火球術】！」

熊熊火球擊中動作緩慢的樹人，樹幹頓時猛烈起火。

樹人的怒號在森林中聲聲迴盪。

「這搞不好……！是步壞棋！」

莎莉的【偵測敵人Ⅱ】告訴她，有許多怪物被樹人的聲音引來，愈逼愈近。

「【幻影】！」

她立刻讓自己的幻影跑向泉水。

那輕易引開了甲蟲，可是蜘蛛似乎有某種技能，正確地朝莎莉襲來。

「漏餡了！【劈斬】！」

閃避蜘蛛絲的同時，莎莉一併送上兩刀。

那將蜘蛛的ＨＰ條紮實地砍掉一段，但仍有七成左右，沒多餘時間留下來打倒牠。

「可惡！……樹人也好煩喔……！」

不僅敵人數量非比尋常，還以個別意識行動。

再加上蜘蛛ＡＧＩ相當高，甚至與莎莉相去無幾。

不過這是考驗ＡＧＩ型玩家的任務，高也是當然的吧。

「【大海】！」

莎莉腳下漫出一灘水，追來的蜘蛛一碰到水就變慢了。

「【劈斬】！……【風刃術】！」

斬斷樹人伸來的根枝後，莎莉加速前進。

與蜘蛛的距離逐漸拉開。

可是莎莉的專注力也逐漸降低。

要是躲不掉，就會被五花大綁。而且這裡是森林當中，到處是雜亂的樹木和草叢，看不出哪裡有危險。

只要絆一跤，狀況就會雪崩式惡化。

聽見振翅聲，使莎莉回頭查看。

「又是甲蟲？…………不會吧。」

棲息於森林的怪物，「主要」有三種。

沒錯，還有一種很難遭遇的怪物。

就是從莎莉背後快速逼近的巨大蜻蜓。

名為風蜻蜓。

名稱是來自牠能以風魔法加速，快得彷彿森林中一棵樹也沒有。

「真倒楣！……可惡……！【風刃術】！」

莎莉向背後射出風刃，試圖威嚇。

在這無暇戰鬥的狀況下，只能用盡一切手段逃出生天。她與風蜻蜓的距離正逐漸縮短。

階級更高的風魔法，伴著削風聲竄過莎莉周圍。莎莉以樹為盾閃避風魔法，並散布【大海】牽制蜘蛛。

從右側飛來的催眠甲蟲，用【幻影】引開。但如此跑著跑著，怪物們依然又包圍了莎莉。

莎莉臉上漸顯焦慮。

「前面有蜘蛛……左邊是樹人。走左邊！」

她將【偵測敵人Ⅱ】利用到最大限度，收集所有敵人資訊，選擇最佳路線。

盡可能往樹林茂密，蜻蜓難飛的方向跑。眼前有三隻樹人，現在當然無暇應付。

「【幻影】！」

樹人傻傻上當，幾十根尖銳樹枝暴伸而出，刺向莎莉的幻影。

他們還似乎真的刺中了些什麼，發出得意的噁心笑聲。

「謝啦！真的救了我一命！」

莎莉感到僥倖地低語。

樹枝刺穿的不是莎莉。

而是風蜻蜓其中一片翅膀。

風蜻蜓沒能完全閃避這意料外的攻擊。

翅膀遭毀，速度也跟著慢了。

只能看著莎莉步步遠去。

風蜻蜓嘎吱嘎吱地怪叫，向莎莉猛放風魔法，但全是無謂的掙扎，差得遠了。

「呼……呼……到了！呼啊！這次搞不好是最累的一次……」

小木屋就在眼前。

總耗費時間五十二分，勉強趕上。

莎莉打開小木屋的門。

「我回來了！」

「喔喔！等妳好久了，妳沒事真是太好啦……」

歷經幾十次生死關頭的莎莉聽了這些話，表情實在很複雜，但老公公若無其事地繼續說：

「嗯……該怎麼謝謝妳好呢……對了，等我一下。」

老公公從抽屜取出一捲卷軸，拿到莎莉面前。

「這是技能【超加速】的心法，對妳一定有幫助……別客氣，收下吧。」

說到這裡，老公公的身影忽然模糊，消失不見。

「我已經不需要它了。」

冷不防出現在背後的聲音嚇得莎莉急忙回頭。

只見老人笑得像惡作劇得逞的少年一樣開心。

「呵呵……要好好練喔。」

「遵、遵命！」

莎莉不假思索地回答後，就此離開小木屋。

帶著新的力量。

◆□◆□◆□◆□◆

為收集技能而四處奔走的一星期轉眼即逝，第二次活動的日子終於到來。兩人在第二階地區的城鎮等待活動開始。

「呼～第一次打活動，有點緊張耶。」

莎莉低語著伸個大懶腰。

「人和上次一樣多耶～看來大家都會想參加活動呢。」

「是啊，畢竟能從活動裡得到很多東西……喔，快開始了。」

第二階廣場擠得人山人海，有某種熱氣渦漩其中。

這時，廣播響起了。設於廣場的喇叭發出沙沙聲，接著主持人開始說話。

「各位玩家大家好，第二次活動正式開始！」

歡聲雷動中，第二次活動在這一刻開幕了。

特錄番外篇　防禦特化與遊覽初階地區

梅普露和莎莉為攻略水中地城而在地底湖練【游泳】技能時，兩人也不單是為這件事上線，還要蒐集梅普露打造裝備所需的其他材料，同時也稍事觀光。

在地底湖靠釣魚和潛水成功獲得不少鱗片之後，兩人決定探索其他區域，以取得更多材料。

「莎莉，現在怎麼辦？要去哪裡？」

「嗯……我也是剛開始玩沒多久耶。妳在這裡玩得比我久，妳去哪我就跟哪。」

「其實我也沒逛過多少地方……不管去哪裡都好遠，遠到光是走路就覺得玩夠一天的份了。」

事實上，野外和城鎮並沒有那麼廣，就只是梅普露的腳程低於平均，比慢還要慢而已。

這麼一來，也難怪她沒有心情到處遊覽了。

「那就跟我一起逛吧？總之先從這個城鎮開始，說不定商店賣的材料也有好貨喔。」

「嗯！好哇，就這麼辦！」

梅普露也贊成莎莉的提議，兩人開始在到處都是人的第一階地區城鎮散步。

梅普露需要的裝備基本材料，即是她道具欄裡產自地底湖的大量鱗片，不過裝飾用的藍色材料還不夠。

所以兩人現在的目的就是尋找藍色材料。

「梅普露，我們就走到哪逛到哪吧。」

「也好。」

梅普露和莎莉跟著走進ＮＰＣ經營的飾品店。

這裡販賣的戒指、項鍊等飾品價格偏高，不是新手玩家負擔得起，然而沒有單獨販賣寶石。

「漂亮是漂亮……但好像不是我們該來的地方。」

「是啊。梅普露，去下一間吧。」

兩人將手上飾品放回原處就離開商店。

「說不定有賣飾品的地方都沒有我們要的東西喔。」

一踏出門，莎莉就對梅普露這麼說。

「唔……那怎麼辦？」

「試試看任務獎勵怎麼樣？或是乾脆到野外打。」

莎莉認為像她們在地底湖蒐集材料那樣才是最快方法，一下子縮小了範圍。

「可是我不知道要去哪裡打什麼耶？」

梅普露只知道目前去過的地方、幾樣曾考慮過的防禦型技能取得條件，及其對應任務的地點而已。

對某些事情認識頗深，可是不知道的就完全不知道。

如此極端的知識中，當然不包含藍色材料的所在地。

就目前而言，莎莉為收集技能而到處奔走，反而對野外各處有較廣的知識，比較適合帶路。

「那我們就先看看情報再說吧。」

「ＯＫ～！」

兩人便改由梅普露也看過的公布欄，從怪物資訊、掉落物資訊尋找可能有藍色材料的怪物。

「染料……跟我們要的不一樣。那這個呢？」

梅普露跟著查看莎莉所指的敘述。

並想想那究竟是不是她心目中的裝飾材料。

「嗯，就用它吧！」

「ＯＫ～把地點仔細記下來以後，準備好就出發吧。」

資料上說，目標怪物不會使用異常狀態攻擊，攻擊力也不突出。

因此兩人討論後，確定梅普露負責防禦，莎莉一刀一刀刺。

萬一受了傷，現在梅普露身上還有藥水，有一定的安全保障，不至於滅團。

「出城鎮就往西北森林走。」

「出發！」

兩人就此離開城下鎮。

梅普露一出城門就卸下裝備，給莎莉背著走。

要是正常走過去，假如這一趟打不到足夠材料，就沒時間換下個地點了。

這個彌補梅普露緩慢速度的招式，是因為有莎莉在才得以實現，兩人前往地底湖時就是這樣移動。

「真的好快喔～」

「是妳太慢了啦。」

莎莉背著梅普露往目的地跑，一路上與許多玩家擦身而過。

梅普露在第一次活動以眾人摸不著頭緒的方式勝出，而且還上了頒獎台，當然是一

夕成名。

這樣的她被人背著跑過人群之間，難免引起不小的話題。

兩人對這種事一無所知，就這麼一路跑到了目的地。

「謝謝莎莉～」

梅普露一落地就穿回防具，伸個懶腰。

「嗯。我們就趕快來找那種怪物吧。」

根據情報，那種怪物並不稀有，所以她們認為花點時間就找得到，便來這座森林找。

「就在森林裡面吧？」

「對。這裡比較偏遠，又都是經驗值又不怎麼甜的怪物，沒有多少人會來，可以慢慢找。」

兩人一步步地走進密林更深處。

森林裡當然不只有她們要找的怪物。

不能大搖大擺地走進去。

「莎莉，先躲我後面。」

「收到。」

梅普露舉盾挺進。

她的必殺之盾，吞噬一切威脅的防禦，幾乎將來自前方的危險盡數消滅。

「梅普露，上面！」

「上面？」

往上一看，有隻全身綠毛的猴子已經逼到眼前。

從樹上跳下來的猴子，順勢在她臉上踢了一腳。

「哇！」

梅普露被偷襲嚇得大叫，不過傷害是零。

猴子就此抱住梅普露的頭，拚命猛抓，但那對她來說完全是抓癢。

「【劈斬】！」

猴子被莎莉的匕首斬中而放開梅普露，往莎莉跳來。

但是，猴子的攻擊沒有得逞。

「跑哪去了？」

因為梅普露一轉身，盾牌就不小心吞掉了猴子半截身體。

「喔～漂亮喔～雖然大概是碰巧的。」

「啊哈哈，被發現了。」

「妳完全跟丟了嘛。以後要注意上面喔。」

「對呀，我會的。」

梅普露表示以後不會疏忽似的往上推了幾次盾。

「怪物掉的東西等會兒就拿去賣錢吧，應該都沒辦法裝備。」

莎莉將猴子掉的綠毛收進道具欄並這麼說。

雖然這個道具根本賣不了多少錢，可是積沙成塔，多了也很可觀。

既然道具欄還有很多空間，收起來也無妨。

兩人就這麼應付著從草叢和樹上撲來的怪物，繼續前進十分鐘。

來到綠蔭更加濃密的區域。

「到了吧。梅普露，可以放下了。」

「是喔？」

梅普露放下當傘撐在頭上的塔盾，正常舉在胸前。

塔盾不僅可以抵擋從上方跳來的怪物，還當場成了他們的墳場。

「總之先找一隻出來吧。」

「嗯。」

兩人步步為營地搜尋。

尤其是莎莉，她片刻不停地張望四周動靜，就連草叢晃一下都不放過。

「找到了！」

「哪裡？」

梅普露望向莎莉時，莎莉已經衝出去了。

「【劈斬】！」

掃過草叢的匕首，打出一隻十公分大小的蜘蛛。

這一瞬間，莎莉見到牠有狀似黑曜石的美麗身軀，眼部還有藍寶石般的光輝。

「哇！嘿呀！」

梅普露舉起盾跑過去，結果馬上就被樹根絆到，飛撲似的接住了蜘蛛。

當然不是用手，而是具有【暴食】的塔盾。

「還好吧？」

「嗚嗚，謝謝。」

莎莉牽梅普露的手拉她起身。

梅普露拍拍鎧甲上的灰塵，環視四周。

「蜘蛛怎麼樣了？」

「打倒啦，可是沒掉東西。」

「是喔，那再找下一隻吧。」

兩人在一聲鳥鳴也沒有的寧靜森林中走來走去，打倒十隻蜘蛛，但一個道具也沒

掉。

「怎麼都不掉啊～」

「好像可以賣到很好的價錢，所以掉落率比較低吧。怎麼辦，要分頭打嗎？只要在蜘蛛開始行動之前先幹掉，就很簡單了。」

蜘蛛ＨＰ低，對絕大多數情況都能事先偵測怪物位置的莎莉而言根本不是對手，對梅普露來說也只是會動的靶。

所以梅普露也接受這個提議，決定用更有效率的方式蒐集材料。

「那就打個二十分鐘再聯絡吧。」

「嗯，加油加油！」

目送莎莉消失在草叢間以後，梅普露也出發尋找蜘蛛。

但由於先前都是莎莉替她找，一時抓不到訣竅的梅普露完全沒成果。

「對了，【嘲諷】！」

梅普露一發動技能，就有隻蜘蛛上鉤而跳出附近草叢，張開藍色魔法陣擊出魔法。

「找到了！」

她的攻擊很單純，就只是用塔盾擠壓地上的蜘蛛。

因為這面盾和莎莉的匕首不同，擁有一擊必殺的破壞力，是神塔盾中的神塔盾。

梅普露收起壓在地上的盾牌，查看蜘蛛所在的位置，結果依然沒掉東西。

「【嘲諷】要再等一下才能用，就隨便找一下吧。」

然而刷刷刷地翻動草叢，仔細檢查樹枝上頭也一無所獲。

讓她開始認為自己不靠【嘲諷】就根本找不到了。

「好，再一次……」

「梅普露！」

「咦？」

森林另一頭傳來莎莉的叫喚。

還沒到二十分鐘。

雖說會再聯絡，可是這實在太早了。

「可能出事了！」

梅普露急忙往莎莉的叫聲跑去。

一路沙沙沙地撥開草叢，梅普露總算來到莎莉的位置，見到她正與比過去大三倍的蜘蛛展開激烈攻防。

「梅普露快來幫我！這一隻超會躲的！」

梅普露並不覺得危險，只是看著莎莉確實躲過蜘蛛所有攻擊的模樣，心想蜘蛛多半也是同樣想法。

「【嘲諷】！」

然而即使梅普露發動技能，蜘蛛也毫不理會，繼續往莎莉猛攻。

「那麼……莎莉！跑來我這裡！」

梅普露稍微遠離莎莉並這麼喊。

「好！」

莎莉直接轉身，背對蜘蛛一溜煙跑開。

蜘蛛也在一瞬之後跟上，不過莎莉先一步穿過梅普露身邊。

「【毒龍(Hydra)】！」

和噴湧的毒液濁流相比，蜘蛛是那麼地弱小，來不及追上就沒入毒海之中。

「喔……爆殺耶。」

「妳不要進來喔，東西我去撿就好。」

梅普露啪刷啪刷地走過毒沼，在裡頭找到沾滿毒液也仍閃耀藍色光芒的塊狀物。

蹲下撿起來擦去毒液後，那乒乓球大小的藍色球體便現出它宛如寶石的面貌。

「喔，第一次掉耶。就是那個，梅普露。」

「終於打到第一個了～好漂亮喔……不枉我打那麼久。」

梅普露將它在手上滾了幾下就收進道具欄。

「名字叫做【大蜘蛛碧眼】耶，原來是眼睛。」

「是啊？是遊戲才會有的材料。大蜘蛛和小蜘蛛掉的大小跟機率都不一樣……小的也蒐集幾個吧？」

「嗯，我當然也是想盡量收。」

「那就這樣吧，還有時間。」

考慮到可能又遇上大蜘蛛，兩人決定走回老路，繼續一起行動時，有小蜘蛛經過她們眼前。

「【劈斬】！呀！」

莎莉迅速反應，將蜘蛛打上空中，並雜耍似的不停斬飛，讓蜘蛛動彈不得地任她削減ＨＰ。

「喔，掉了。」

並抓住蜘蛛掉落的藍珠，交給梅普露。

「妳、妳好厲害喔……我也可以嗎？」

「塔盾有困難……而且我也是在遊戲裡練習很久才學會的。」

「嗯……那就算了。二刀流真的好帥喔。」

珠。

「呵呵，謝謝喔。」

之後，兩人再也沒遇到稀有怪大蜘蛛，只有打倒十多隻普通蜘蛛，再拿到兩顆藍

「只是裝飾用的，這樣就夠了吧。謝謝莎莉～」

梅普露倚著樹道謝。

「累了嗎？」

「嗯，有一點。我很少在遊戲裡到處逛。」

在習慣之前，體力會消耗得很快。

梅普露在第一次活動中，幾乎沒什麼移動，且移動以後一定先休息。

而這次探索對梅普露而言是比例極少的連續移動，已經有點累了。

「很快就會習慣了啦，我也是這樣。」

「嗯，知道了。」

梅普露和莎莉離開森林後，在陽光下大伸懶腰。

「回去也讓我背吧。」

「那我就先謝謝嘍！」

「回去以後就真的開始觀光嘍？材料都蒐集完了嘛。」

「好哇！」

「好，那就上來吧。」

梅普露跟著卸下裝備，爬到莎莉背上。

莎莉以遊戲外多半做不到的速度起跑，往城鎮直線狂奔。

一路巧妙閃避怪物，兩人平安返回鎮上。

「到了。梅普露，妳想去哪。」

「妳決定就好了啦。」

「這樣反而難想耶……那就乾脆到有得吃的地方去逛吧？在遊戲裡吃吃喝喝不會影響到現實的錢包，好像也有玩家開的店喔。」

遊戲裡不僅有以升級為目標的玩家，將各自興趣搬進遊戲裡來的玩家也有一定數量。

「好哇好哇！走吧！我想吃甜的。」

「甜的啊，那就找找看吧。」

為了療癒疲憊的身體。

又或者單純是興趣使然。

兩人為追求甜品，啟程尋找玩家店鋪。

兩人在城鎮裡漫步，尋找感覺不錯的店家。發現有間店有著樸素的棕色外裝，卻又帶有幾分奢華。妝點店面的花朵似乎剛澆過水，到處是亮晶晶的水滴。

「梅普露，要進去看看嗎？」

「嗯，好哇！感覺好好吃……」

梅普露看著店門邊寫著推薦餐點的黑板回答。

「ＯＫ～那就進去嘍。」

莎莉推開門，梅普露跟著入內。

店內空間並沒有特別大，但已經坐了不少玩家。

他們隨開門聲往門口一瞥，見到梅普露而露出程度各異的驚訝表情。

梅普露不只在第一次活動中出過名，她那身特色強烈裝備又令人過目不忘，至今仍留存在玩家們的記憶中。

且受到頒獎影響，現在玩家大多認為梅普露也是頂尖玩家之一。不管去到哪裡，都會成為眾人的目光焦點。

莎莉敏感地察覺這一瞬間的氣氛變化，對梅普露說：

「妳好出名喔。」

「什、什麼意思？」

梅普露不明就裡地歪起頭。

她並沒注意到玩家們瞬時聚集而來的目光。

「沒事，別在意。先找位子坐下吧？那邊沒人。」

莎莉指指牆邊的桌位。

「也對，就坐那吧。」

兩人一就座就開始翻菜單。

這當中，莎莉終於明白坐下以後發覺的不對勁是從何而來。

「啊，是這樣啊。梅普露，妳的裝備是重裝甲，跟這間店好像不太搭耶。」

「……也對。」

梅普露瞄瞄其他玩家。

店裡正好只有穿袍子之類的輕裝玩家，相較之下特別顯眼。

當然，遊戲裡有很多和梅普露一樣，裝甲頗為厚重的玩家。

儘管店裡不是天天都像現在這樣，不過這個狀況已十足讓梅普露考慮添購鎧甲以外的裝備了。

「吃完以後可以去看一下衣服嗎？」

「也不錯。不過，現在先點個東西吃吧？」

「嗯，我也要看菜單！」

兩人翻了翻擺在桌上的菜單。這間店的餐點基本上是以製作現實會有的甜點為主，例如草莓蛋糕、香草冰淇淋等，幾乎都能輕易想像其滋味。莎莉點了草莓塔，梅普露則是巧克力蛋糕。

點完餐之後，兩人又開始聊。

「下次活動是什麼時候啊……如果是可以一起打的活動就好了。」

「嗯，我也想和莎莉一起打活動。」

兩個人是等了好久才終於能一起玩。

當然都希望互相協助，開開心心一路玩下去。

「像第一次那樣就不行了呢。」

「嗯……我也不想和莎莉打。」

「是喔？」

不等莎莉問為什麼，梅普露已簡潔回答。

「因為我一定不會贏啊。」

「是嗎……不過我也會盡可能不要輸給妳啦。」

聊著聊著，餐點送到了桌上。

酸酸甜甜，色彩賞心悅目的草莓塔明媚得有如春神上桌。

棕色的典雅巧克力蛋糕上，蓋上了一層顏色較深的巧克力脆皮。

兩人立刻又起來送嘴裡。

「好好吃喔！在外面吃一定很貴。」

梅普露多塞幾口質地細緻，帶點微苦的巧克力蛋糕。

「就是說呀，在遊戲裡吃高級甜點的負擔真的少好多……妳的看起來也好好吃。」

「要分妳一點嗎？」

莎莉搗著嘴想了想。

「……不用，我直接再點一份。」

莎莉加點梅普露正在吃的蛋糕後，繼續啃她的草莓塔。

「那我也來加點好了。」

在遊戲裡點再多餐，也傷不了現實的荷包。

當然，也沒有卡路里問題。

「梅普露，這個也很讚的樣子耶。」

「嗯～那這個怎麼樣？」

「不錯喔。」

兩人甜點一盤又一盤地叫，吃得好不痛快。

「期待您再度光臨。」

一個半小時後，兩人在店員恭送下走出店門。

「「……」」

她們一出來就叫出藍色面板，檢視屬性畫面一角。

也就是顯示現金的欄位。

「我們……吃了好多喔。」

「是啊……點了很多嘛。」

那家店賣的是相當高級的甜點。

雖然兩人都在菜單上見到了價格，但還是忍不住點了又點。

就算不傷現實荷包，兩人還是覺得這次真的花得太凶了。

「呃，再來去哪裡？」

梅普露對莎莉問。

「找地方觀光？記得野外有幾個很漂亮的地方……」

這也是莎莉蒐集技能的副產物之一。

雖然得不到技能或實用道具，莎莉還是記下了幾個能欣賞美景的地方。

「幾點都能去的……大概就是西邊那個永遠有晚霞的區域吧？然後北邊有一個限夜晚的地方。」

「我想去！只要妳可以就好。」

除了需要莎莉有時間奉陪之外，還包含需要她接送的意思。

不然根本不可能短時間來回。

而莎莉也理所當然地答應梅普露再和她到野外觀光，背她到處跑。

「有腳踏車就好了～」

「只能等官方更新啦……不過應該是先上馬之類的吧。」

「我、我搞不好不能騎馬耶……」

補充完甜食後，兩人重返野外。

為了讓大失血的現金恢復到安全數目，兩人也一併以打怪賺錢為目標。

這時的梅普露已經忘記買鎧甲以外裝備的事，等到她實際買下觀光用裝備，已經是一段時日以後了。

◆□◆□◆□◆□◆

兩人往野外的西方前進。莎莉以魔法牽制路上怪物，要是還能接近，梅普露就送他們【毒龍（Hydra）】當禮物。

「在這一帶，妳已經無敵了吧。」

「嘿嘿嘿，是嗎？」

「我也要追上妳才行！【火球術】！」

這火炎彈比起梅普露的毒液奔流雖無魄力可言，但每發都確實命中怪物的身體。

儘管毫不起眼，至今訓練出來的技術仍在這裡展露片鱗半爪。

「嗯，還過得去。」

「莎莉，要到了嗎？」

「再一下下，可以看到一點點了。」

聽了莎莉的話，梅普露眯起眼望向地平線。

並也依稀見到某個聳立的物體。

「那應該……跟夕陽沒關係吧？」

「是沒有，只是地標。」

莎莉最後衝刺似的稍微加速，往地標底下跑。

「好，到嘍。」

梅普露下了莎莉的背就穿回裝備，環視四周。

有幾根粗略削切過，高低不一的石柱，以等間隔排成圓形。

感覺很像英國的石柱群。

其中央地面有燒焦的痕跡，很有神祕感。

「再來要怎麼樣？」

「要這樣。」

莎莉走向燒焦痕跡，停在中央。

「【火球術】！」

焦痕呼應莎莉放出的火焰，發出紅光。

「梅普露，來這邊！」

「咦？啊，嗯！」

梅普露跑到莎莉身邊，一起在環狀石柱中心靜待變化。

腳下的紅光轉為深紅，如蜘蛛網般朝聳立的石柱底下以放射狀擴散。

烙印般的紅色線條往上侵蝕，使石柱如火柱般大放光芒。

「差不多……要開始了！」

「哇！」

整個視野忽然被白光填滿，嚇得梅普露急忙閉眼，伸手遮臉。

兩人的身影彷彿燒成灰燼般消失不見，只見熊熊火紅逐漸稀薄，最後中央又恢復成只有焦痕和岩石的冷清景象。

梅普露不知道發生什麼事，感到有風吹過臉龐才稍微睜開緊閉的眼睛。

「哇……！」

和風撫過梅普露的髮絲。

兩人眼前，是與前幾秒截然不同的風景。

梅普露和莎莉都站在小丘上。

往平地延伸的小徑兩旁坡地全是向日葵花海，彼方是一片染得橙紅的汪洋。

斜倚在天上的夕陽又圓又大，默默垂照著海面。天上無聲無息的天空城與飛龍剪

影，讓兩人清楚感受到這裡不是現實世界。

周圍杳無人蹤，只能聽見風吹的聲音。

乾爽的風送來海潮與向日葵的芬芳。

「在現實世界也不容易見到這種風景呢。」

現實中，找不到能夠獨占這種景象的地方吧。

輕緩的浪潮聲細細拍響。

「嗯！好美喔。可是……好像會讓人覺得有點孤單耶。」

「啊……好像有點。」

梅普露和莎莉沿著小徑往海岸走，兩旁的向日葵比她們還高，說不定走進去就會完全遮住，找不到彼此。

「可以帶一枝回去嗎？」

梅普露戳戳路旁向日葵的莖問。

「這好像都是不能破壞的物件，應該不行，就把這片風景烙在腦海裡帶回去吧……不過只要會用火系技能，隨時都能過來啦。」

「那我就再多找找看吧。」

梅普露回溯記憶，尋找是否有自己所能學習的火系技能，但沒有任何印象。

順著平緩的下坡來到海邊，能見到耀眼的海灘。

海浪打在細緻的沙粒上，在夕陽餘暉下閃閃發亮。

兩人在海濱慢慢地走，發現沙灘上有兩個東西貼在一起。

「這是什麼？」

梅普露撿起一個查看。

那是名叫【赭紅珍珠貝】的道具。

物如其名，有著赭紅色的外殼，打開一看，裡頭就只有一顆淺粉紅色的珍珠。

道具說明，除了能向ＮＰＣ賣到好價錢之外什麼也沒寫。

「紀念品吧。不知道能不能當製作材料用，主要是用來賣錢吧。」

莎莉也拾起珍珠貝，捧著仔細打量。

那彷彿晚霞染成的顏色，是十二分地足以保存今天的回憶。

「珍藏起來作紀念吧！」

梅普露將珍珠貝收進道具欄並這麼說。

「我也留著好了，賣掉感覺很可惜。」

莎莉附和梅普露的想法，也將珍珠貝收進道具欄。

只要拿出來一看，此時此地的光景就會重現眼前。

「莎莉呀，可以在這裡多走一走嗎？」

「好哇，我剛好也想問。距離夜晚限定的時間還很久，中間下線休息一下都來得

及，不如在那之前就在這裡晃一下吧？」

「嗯！這樣比較好！」

於是兩人決定在這裡多待一會兒。

梅普露坐在沙灘上，指著遠處空中的天空城問：

「什麼時候可以到那種地方去呀？」

「不知道耶。我是在其他遊戲打過飄在天上的城堡啦。」

梅普露聽得露出一臉羨慕的表情。

「到時候我們就一起去吧。梅普露啊，說不定妳還能打贏天上那些龍喔？」

「咦～？我應該不會變得那麼厲害吧。」

有朝一日說不定能到那裡探險，使兩人心中充滿對未來的期待。

「梅普露妳好像玩得很開心嘛，太好了。」

「呵呵，嗯！我玩得超開心的喔！」

梅普露這麼說，並可愛地瞇眼一笑。

直到兩人離開這地區——不，兩人離開以後，大大的夕陽仍一直靜靜地懸在天上。

離開晚霞永遠持續的地區，相約晚點再到城下鎮廣場噴水池集合後，兩人暫時下線。

梅普露一上線就走到約定地點。夜間的城下鎮道路旁，點起了光線柔和的街燈。NPC變少，也使得鎮上氛圍略有不同。梅普露四處張望著尋找莎莉的身影。

「莎莉在……找到了！」

「嗯，我來嘍，梅普露。」

「趕快出發吧！」

「OK～那就往北走吧。」

兩人一從北側離開城下鎮，就以平常的移動方式向北行。

「好像有晚上會變強的怪，還有只在晚上出現的怪，梅普露要小心喔。」

「嗯，包在我身上！」

遊戲裡也有夜行性的怪物，相反的，當然也有只在白天出沒的怪物。

「喔，說人人到……！」

「咦，什麼東西？哇！」

忽然有個東西無聲無息地從天空落下，撞上梅普露的額頭又飛上天空。

脫下短刀以外裝備的梅普露仍有超強防禦力，沒有軟到會被專事偷襲的怪物打出傷害。隨後，怪物又襲向她們倆。

「梅普露，妳先下來！」

「知道了！」

梅普露跳下莎莉的背，就此遠離莎莉。

「【嘲諷】！」

引走怪物攻擊後，她立刻以最快速度穿回裝備。

怪物又俯衝下來，對梅普露反覆進行無謂的攻擊。

仔細一看，怪物多了幾隻。

「【二連斬】！」

莎莉揮出的匕首，斬中了正襲向梅普露的怪物背部。

「貓頭鷹嗎！」

遭莎莉斬中而摔在地上的怪物，原來是貓頭鷹。

她往摔趴的貓頭鷹背上再補一刀，清掉牠剩餘的ＨＰ。

不過天上還有好多隻飛來飛去。

「梅普露，朝上用毒龍！」

「知道了！【毒龍(Hydra)】！」

梅普露向天刺出的漆黑短刀，張開大型的紫色魔法陣。

莎莉見到魔法陣就全力離開現場。

她說什麼都非跑不可。

因為幾秒後，梅普露周圍就會化為地獄。

向天飛升的三頭龍，將梅普露附近幾隻貓頭鷹一飲而滅。

毒龍順勢沖天而去，最後化為比雨滴大得多的無數劇毒碎塊澆注地面。

瞬時一上一下的劇毒，漂亮地一舉擊殺所有貓頭鷹。

有毒的紫色黏液啪噠啪噠落在地上，染成一大片。

「梅普露！我不能到那裡去，妳走過來吧！」

莎莉在遠處呼喊梅普露。

梅普露便卸下裝備往莎莉走。

「沒想到能一次殺光光。」

「那樣很正常啦。要是遊戲裡到處都是妳會苦戰的怪物，根本沒幾個人活得下來。」

「是喔？」

「活得下來的，只有幾個頂尖水準的吧。」

假如怪物的傷害高到足以讓梅普露苦戰，那麼大多數玩家一、兩下就要趴了。

「總之先走吧，再有貓頭鷹來就用這招解決掉。」

「收到！」

兩人就此以最短距離向目的地前進，踏入森林。

一般森林光線昏暗，在安全狀況下走起來也很累人，不過這座森林具有奇妙的照明，讓她們走得很輕鬆。一種是常見於樹幹或草叢，約五公分大小，散發美麗光芒的螢火蟲。另一種是微微發亮的苔蘚，有了它，腳邊就容易看清了。原來森林裡有許多低矮的草叢與荊棘。

因此，莎莉到這裡就不能再背著梅普露走了。

「穿上裝備……好！」

梅普露領著莎莉在森林中前進。

如果讓莎莉帶頭，是比較方便她察覺危險。

但只要漏看一次，就可能一次擊倒莎莉。

讓梅普露先行，就算誤中陷阱也能硬闖過去。

按照設計者的考量來行動，卻能全部輕易克服。

這種亂七八糟的強度就是她的武器。

況且梅普露還擁有單向的長距離攻擊。

根據這些理由，梅普露豈有不帶頭的道理。

「有事就說喔！」

「嗯，小心荊棘。」

想不到剛好就在此刻，一條荊棘就從梅普露前方地面向她直直伸出襲來。

「嘿！」

可是被她確實舉盾一擋，荊棘就被塔盾吞噬，一點辦法也沒有。

剩下一半的荊棘啪唧一聲，化成光消失了。

「那真的好強喔。」

「是吧！而且很帥，愛死它了。」

梅普露撫摸盾緣說。

事實上，這面塔盾是比一般武器強上了好幾倍。

「那麼，再來就拜託妳啦。」

「嗯！大步前進！」

兩人不曾遭到荊棘任何阻撓，並輕鬆寫意地打倒路上襲來的蝙蝠，順利到達目的地。

「這裡？」

梅普露指著前方問。

「對，就是這裡。」

兩人面前是個高約兩公尺的山洞口。

那大大張開的嘴，以期待、刺激和以及對寶物的嚮往引誘旅人入內。

莎莉從道具欄取出火把點燃，稍微照亮入口內部。

「要爬樓梯上去。路很窄，可以繼續帶頭嗎？」

「沒問題。」

「ＯＫ，那就走吧。好像有美麗的景色等著我們喔？」

她們就此踏入山洞。

往美景前進。

兩人爬起這段沒有扶手，粗略鑿成的略陡石階，也是頗為辛苦。

由於莎莉在這麼狹窄的梯道上沒地方躲，有怪物出現也不能放出毒龍，梅普露的短刀派不上用場。

於是梅普露替莎莉舉火把，替她騰出兩隻手。

往上爬了約莫十分鐘。

梅普露和莎莉沒有遭遇任何怪物就爬完了階梯，來到頂端。天上是現實世界幾乎看不見的滿天星斗，舒暢的清風微微吹拂著兩人的髮梢。

「爬了好久喔，這裡是什麼地方？」

「太暗了看不清楚。只知道周圍都是懸崖，小心點喔。」

「懸崖……喔！是那個地方啊！」

原來梅普露和莎莉是一路從直徑約十公尺的圓柱內部爬到了最頂端。

這樣的地形在白天也相當顯眼，梅普露也曾經見過。

「沒有其他人……運氣真好。」

「那、那是什麼？」

梅普露檢查能站的範圍有多大而繞著圓心轉時，照出了一樣東西。

那是一張木桌，經過細緻雕刻，桌面光滑，狀況好得不像是擺在戶外的東西。

桌邊有兩張相對的椅子，兩組高腳杯和刀叉、乾淨白瓷盤，桌中央還有尚未點火的燭台。

「莎莉，要坐嗎？」

「坐吧。坐下以後說不定……會有事件。」

這次莎莉也不清楚會發生什麼事。

只是隱約有印象在網路討論串上看過這裡會發生有趣的事，經常有人在排隊等等。

「那就數到三，一起坐下去吧。」

梅普露對莎莉提議。

「知道了。」

「「一、二、三！」」

動。

兩人手抓上椅背拉開，同時坐下。

接著燭台霍地一聲點燃，將桌面照得通明。

高腳杯還在兩人面前慢慢飄起，看得她們睜圓了眼。

這時，有兩條細細的深藍色的線從星空中垂下。

深藍色的線各自注入她們的酒杯，酒液逐漸升高。

注至一半時，兩個酒杯又叩地一聲飄回桌上。

「這是什麼……」

「咦……」

高腳杯裡有個小小的夜空。

裡頭的小星星和天上一樣燦爛，有薄雲緩緩飄送，新月懸於雲縫之間。

彷彿一抬頭望就會把人吸走的夜空，反而被吸進這只酒杯裡，在兩人面前晃盪。

當這杯不可思議的飲料讓她們看得出神時，這次換盤子飄了起來。

啪的一聲，兩團小小燭火分別跳到兩張盤子中央。

並滾呀滾地變成兩顆璀璨的圓珠，飄於盤上。

兩人注視圓珠時，天空有兩個纏繞淡淡光芒的小水珠滴了下來。

光在盤上離開水珠，化為散發微光的小黃珠，水滴也和燭火一樣，在盤上輕盈飄最後，盤上飄浮著紅、藍、黃三顆珠子。

盤子輕輕回到桌面，接著正好在兩人之間，雙方都能清楚看見的位置，浮現一面標示品名與留言的小卡牌。

「【小小大天空】……？」

「【別客氣，請慢用】。」

兩人妳看我、我看妳，不約而同地拿刀叉盛起盤上的珠子，送入口中。

「好奇妙的味道喔……」

「這樣是……好吃嗎？梅普露，妳覺得呢？」

「唔，嗯……？有種把草莓、橘子和蘋果一起吃下去的感覺？不太會形容耶……？」

「呃，不會啦。我大概聽得懂妳的意思。」

莎莉對不解的梅普露頻頻點頭。

感覺酸酸甜甜、冰冰熱熱的。

現實吃不到這種東西吧。梅普露心想。

「杯子裡嘛……」

莎莉喝一口杯中星空。

星空在她嘴裡啪地一迸，液體的感覺頓時消失。

「莎莉！妳、妳頭髮發光了！」

吃下紅珠與藍珠後，梅普露看著莎莉這麼說。

「咦？」

莎莉從道具欄中取出手鏡，查看頭髮是不是真的變成梅普露說的那樣。

結果見到頭髮宛如灑滿星塵，閃閃發光。

「嗯？梅普露，妳的眼睛也變色了耶？」

莎莉將手鏡借給梅普露照。

梅普露往鏡中一看，發現左眼變紅，右眼變藍了。

「唔咦咦！會、會不會變回去啊……」

「我、我也不曉得。」

結束夜空下的神奇晚餐後，兩人起身離席。頭髮依然閃閃發光，眼睛也仍變了色。

這時，卡牌上的字改變了。

莎莉將它唸了出來。

「【感謝二位光臨。本次招待的是提味太過頭的失敗作，若不嫌棄，請再次撥冗前來。這是一點致歉的小禮物，不成敬意。】」

桌上咚地一聲，忽然多出兩個罐子。

莎莉跟著拿起來，梅普露看著它們問：

「那是什麼？」

「【罐裝星空】。」

「有、有什麼效果。」

莎莉清咳一聲，刻意改變嗓音唸起道具說明。

「上面說這是失敗主廚的失敗作，不可以打開！再說根本就打不開！不過看起來還滿美的……整個說明就是這樣。」

「哇哇哇……」

梅普露從莎莉手上接下一個罐子，收進道具欄。

雖然瓶子打不開，但就算打得開，梅普露也會遵從人家的忠告，不去開它吧。

「還想再來嗎？」

梅普露對莎莉問。

「等主廚技術好一點再來吧。」

「啊哈哈……恐怕等不到那天喔。」

兩人就此離開了這個有點奇妙、有點好玩，令人印象深刻的夜空下餐館。

後來，兩人從網路得知主廚偶爾會做出成功料理，開始考慮找一天去碰碰運氣。

◆□◆□◆□◆□◆

在夜空下體驗神奇晚餐後幾天，兩人的頭髮和眼睛顏色都恢復正常後，梅普露單獨上線，在鎮上走動。

今天她有個地方非去不可。

「呃……是在哪邊呀？」

左拐右彎地，梅普露走過以其腳程而言感覺大得昏頭的城下鎮。

「啊！找到了！」

她終於發現目的地，稍微加快腳步往那兒走，開門進屋。

「哎呀，好久不見。」

「對呀！伊茲姊好久不見！」

她到了熟悉的店鋪裡。

伊茲就在櫃台後的櫥櫃邊排放物品。

今天，梅普露帶著足夠的材料和現金，為了請伊茲製作裝備而來。

她將現金和材料都擺在伊茲面前。

伊茲一面檢查材料一面說：

「錢是沒問題……不過，我想想……」

「怎、怎麼了？」

「只用這種材料來做的話，裝備的耐用度不會很高。我看過妳上次活動的戰況了……以妳的打法來說，我是希望多加一點材料。」

梅普露和莎莉都沒有接觸工匠的領域，蒐集材料時不會注意裝備成品的耐用度。

因為她們根本不曉得怎樣的材料能提升裝備品質。

結果就是，以現在的材料來製作副裝備，尚有不足的部分。

「呃……還需要其他的東西嗎？」

梅普露也希望伊茲做最好的裝備給她。

「……等我一下喔。」

既然要另外尋找材料，伊茲索性一一向她解釋哪些材料會有幫助。

解釋完材料特性後，伊茲的話暫告一段落。

「啊，對了。還有一個。」

最後忽然想到漏網之魚，提起一種白色礦物。

「挖這種礦需要高階技能，妳應該還沒有吧……等等，也好。就這麼做吧。」

伊茲有個好主意般嗯嗯點頭。
在腦中整理過後，她向梅普露說出想法。
「想挖這種材料，得先進入一個有很多怪的洞穴，而且要到很深的地方。由於一次可以挖到很多，我不時就會請保鏢護送我進去，然後現在沒庫存了。所以呢——」
伊茲的主意，是個互惠的方案。
只要梅普露護送她進去，就分給她部分礦石，裝備製作的費用也會再給折扣。
梅普露沒有拒絕的道理。
所以她毫不猶豫就當場答應了。
「如果妳有空，我們待會兒就能出發。」
「呃，那就拜託妳帶路了！」
「好，也麻煩妳嘍。請多關照。」
兩人就這麼決定一探洞穴最深處了。

梅普露先離開店鋪，伊茲做好準備後跟著出來。
反轉門上牌子表示外出後，伊茲轉向梅普露說：
「那我們走吧。」
「好！」

伊茲說完就走，梅普露快步跟上。

論腳程，伊茲當然比梅普露快。

工匠在打鐵時需要【ＳＴＲ】，而採集技能方面則需要一定數值的【ＤＥＸ】和【ＡＧＩ】。

伊茲的屬性配點沒有任何浪費，點得相當均衡。

她發現梅普露的腳程追不上，開始放慢速度。

「是戰鬥時就會變個人嗎……喔不，應該沒有。」

伊茲喃喃自語。

影片裡，梅普露是以壓倒性力量一一擊敗其他玩家的強者，現在卻看不出來。

途中，伊茲想起影片裡梅普露的表情而改變想法。

覺得她當時和現在都一樣，只是享受著自己的玩法。

「該做怎樣的裝備才好呢……」

為了讓她更加樂於遊戲，能給她些什麼東西、怎樣的東西。

想著想著，伊茲和梅普露一起走出城下鎮。

野外和城鎮不同，有怪物這樣的障礙會主動阻撓梅普露和伊茲。

儘管步調因此慢上加慢，不過梅普露與護衛一詞有所差距的行動，倒是讓伊茲沒有

受到任何傷害。

梅普露主要是用【嘲諷】承受攻擊，保護伊茲。一頭狼從背後撲上梅普露的背並往後頸一陣亂咬，那衝力也壓倒了她。

「哇！唔、唔——！放開我啦！」

梅普露拚命甩頭想掙脫狼，可是怎麼甩也甩不掉。

最後繼續讓狼啃，從背後倒地才總算擺脫牠。

一旦離開梅普露背後，狼再也沒有勝算，沒多久就被她的塔盾吃掉了。

不僅能保護目標，也能抑制自己受的傷害。

在伊茲眼中的保鏢一向都是如此，可是梅普露卻少了後半段。

實際見過以後，伊茲更加體會到梅普露是多麼異質。不知為何，有種很累的感覺。

「也難怪她存活得下來……」

伊茲再次肯定她能打上活動第三名，並不是好運或碰巧。

就這樣，兩人慢慢地走，平安無事地來到洞穴前。

位在山腰上的通道緩緩深入地下，白天也一片漆黑。

地面略濕，橫幅還算寬，甚至能讓四個成人並排著走。

「小心點喔。」

「好！」

伊茲從道具欄取出提燈，提供照明。

這樣容易看清周遭，只要再注意腳邊就不太容易跌倒了。

兩人順著和緩下坡繼續前進。

梅普露手持塔盾和短刀開路，伊茲也拿著鐵鎚緊跟在後，以防萬一。

「要小心上面喔，差不多會有怪物出來了。」

「好，注意上面……」

就在梅普露抬望洞頂時，有個尖尖的東西掉了下來，在她額頭上砸碎。

這嚇得她閉起眼睛，撐傘般高舉盾牌蹲下。

等鎮定下來，梅普露查看周圍地面，發現有隻長約三十公分，尾巴尖端裹著岩石的蜥蜴。

不過尾尖的岩石幾乎碎光，散了一地。

這隻攀附在洞頂上的蜥蜴型怪物，是因為察覺梅普露經過而跳下來攻擊。

然而脆弱的蜥蜴反而撞輸梅普露，悲哀地走上了自滅的道路。

「嘿！」

梅普露將盾牌往地上砸，蜥蜴的ＨＰ便啪嘰一聲歸零了。

「嚇我一跳……」

「……只是嚇到啊。」

連直擊要害部位也不具效果，那麼偷襲特化的蜥蜴根本拿她沒轍。

表示梅普露根本沒必要注意頭上狀況。

「這裡強到能打倒妳的怪物……應該不存在吧。」

伊茲回想以前來這洞穴時的狀況，想不到任何能打破她防禦力的怪物。

再說，要是有那樣的怪物，以往的保鏢都活不了了吧。

「這樣就可以收一點起來了。」

伊茲從腰包取出幾個ＨＰ恢復藥水，收進道具欄裡，取出能暫時稍微強化屬性的藥丸。

既然沒人需要補血，裝那麼多藥水也沒意義。

「接下來會有更多怪物，加油喔。」

「好，沒問題。」

梅普露重新舉盾，注意著頭頂、腳邊和牆壁繼續前進。

愈往深處走，怪物種類愈多。

其中有不少會直接往梅普露撲來。

例如哥布林、泥偶——即所謂的魔像。

他們會先往梅普露衝，揮拳或刺出武器作近距離攻擊。

然後由最前端遭塔盾吞噬，彷彿跌進無底沼澤般沒入盾中消失不見。

「呼……」

「謝謝喔。我想想，應該到了吧……」

伊茲查看以前來挖礦時用的地圖，確認這裡就是目的地。

曾經探索過再加上梅普露壓倒性的防禦力，使探索過程極為順利。

再加上受限於洞穴地形，怪物大多是來自前方，甚至比容易被怪物包圍的野外還要輕鬆。

因此，梅普露和伊茲沒有受到任何損傷就抵達最深處。

「看到了。」

「就是這個嗎？」

梅普露觸摸伊茲以提燈照亮的牆壁。

那裡覆蓋著一層路上從未見過的白色礦石。

「對，就是這個。等我一下喔。」

伊茲從道具欄取出一把大型鶴嘴鋤，開始挖礦。

白色礦石每被鶴嘴鋤敲一下，就變成道具掉在伊茲腳邊。挖了五次之後，伊茲便拾起道具前往下個礦點。

最深處的洞穴到處是白色礦石，今天的目的就是把礦石全部挖走。

由於最深處不會出現怪物，可以專心挖礦。

梅普露暫且完成保鏢的工作，鬆了一口氣。

「對了，要是有怪物跑進來就糟了。伊茲姊伊茲姊？」

為安全起見，梅普露向伊茲借盞提燈，站在怪物出沒區域和挖礦區的交界處。

這是她第一次的護衛任務，多小心點不會吃虧。

看著看著，伊茲也順利挖完了礦，返回梅普露身邊。

「結束了，我們回去吧？還要討論裝備造型怎麼做呢。」

「好，回程我也會加油的！」

梅普露和來時一樣舉起盾向前走，洞裡沒有任何怪物能阻止她的腳步。

她就此同樣地癱瘓所有怪物，同樣地慢慢回到了鎮上。

兩人返回伊茲的店，在裡頭的桌子兩邊相對而坐。

接下來是決定裝備外觀的階段。

只影響外觀，無關性能。

但梅普露可不會因此就敷衍馬虎。這世上有些事比裝備性能更重要。梅普露也想重視這部分。

「好，妳想要怎樣的造型？」

「怎樣的……怎樣的？嗯……」

梅普露心中並沒有具體形象。

雖然模糊地認為白色裝備比較好，但也僅止於此。

心中沒有可以立刻詳細說明的模樣。

不過，這次的探索給了她一點想法，她便從這裡說起。

「今天去過洞穴以後，我更肯定了……我的盾牌什麼都可以毀掉，所以另外準備一面普通的盾牌會比較好……」

伊茲聽了梅普露的想法後，認同地點點頭。

如梅普露所言，遊戲裡總會遇到想用別種裝備的時候。

來找伊茲打造副裝備，就是為了解決這個問題。

「原來如此……那就先做盾牌吧。對了，投注愈多材料，成品也會愈強。如果要這樣，其他裝備可能就要等下次了。」

於是梅普露決定投注更多材料，做出更好的盾牌。

儘管也想一併做出鎧甲和短刀，但與其弄出一身半吊子，不如確保一件夠水準的裝備。

既然知道材料能在哪裡取得，需要時就能再走一趟。

決定只做盾牌以後，話題又回到梅普露還沒決定的樣式設計了。

「該怎麼辦呢……」

看著梅普露嗯嗯嗯地苦惱，伊茲給個意見。

「我想想……如果妳完全沒概念，我就拿幾面盾牌過來給妳作參考吧。等我一下。」

伊茲起身往店裡頭去，往道具欄放幾面盾牌再回來。

「我們一個一個看吧。」

「好！」

伊茲向梅普露展示盾牌。

有裝飾多的、單純的、圓盾或方盾。

選擇愈多，梅普露反而愈迷惘。

伊茲拿來的盾牌當然全都是她的作品。

每一樣很精緻，讓她覺得哪個都好，打不定主意。

不知如何抉擇時，梅普露注意到一件事。

看了這麼多盾牌之後，她發現自己特別喜歡某一面盾牌。

「伊茲姊，我喜歡這樣的！」

梅普露拿給伊茲看的，是她愛用的黑色盾牌。

「這樣啊……我知道了。我就參考這面盾牌，形狀也往那個方向來做。這樣手感就不會變了。」

「那就麻煩妳了！」

決定設計方向後，伊茲開始往正式的樣式設計前進。

她從道具欄裡拿出看似契約書的道具，承諾收下梅普露的材料和款項並為她打造盾牌。

「做好了就會通知妳，要等個幾天吧。」

「知道了，拜託妳了！」

梅普露鞠個躬就離開伊茲的店。

「呼～幸好一切順利……」

成功完成保鏢的工作，盾牌也下訂了。

總歸是達成今日目標的梅普露，滿心期盼地等待盾牌完成的那一天。

◆□◆□◆□◆□◆

梅普露向伊茲訂製盾牌後約半小時，克羅姆也來到伊茲的店。

「哎呀，克羅姆，今天就是來維修裝備的吧？」

「是啊，拜託啦。」

克羅姆從道具欄取出一整套裝備交給伊茲。

伊茲將它們送進店裡頭，一會兒後帶回來，耐用度都復原了。

「喏。這次傷得很重，不要弄壞喔？」

伊茲叮囑一聲再交給克羅姆。

克羅姆的裝備是伊茲的自信作品之一。

自然是希望他盡可能不要弄壞。

「抱歉，最近農得特別凶……因為我想在第二次活動拿下好成績。」

「有收穫嗎？」

「還可以啦。那我今天要繼續去打獵了，謝啦。」

「是喔……對了，克羅姆。梅普露前不久來過喔。」

伊茲的話留住了克羅姆要踏出店門的腳。

「喔？早知道就早點來了。嗯……她已經能請妳打造個人裝備啦？」

克羅姆略顯驚訝地說。

伊茲將她和梅普露探索洞窟，接受她訂製盾牌的經過簡單向克羅姆說了一遍。

「另一面盾牌啊，了解。那個黑盾的能力太極端，有時候不太方便吧。」

克羅姆表示理解地點點頭。

同樣是塔盾玩家，讓他想到普通盾牌可能會比較方便的時候。

「是啊。話說，你們遲早會碰上吧？我也經常看到她在鎮上走來走去。」

梅普露裝備很顯眼，走在街上一眼就認得出來。

然而克羅姆最近沒見過她，是因為他一股腦在農怪的緣故，正好和時間大多耗在遊覽城下鎮的梅普露錯開。

「我會找一天去找她的。不過我也要想辦法再練強一點就是了。」

「我會替你加油的。」

聊到這裡，克羅姆就離開了店鋪。

儘管一下子就被梅普露超越，他也不甘於屈居人後。

經過反覆戰鬥而使得手感倍加敏銳的克羅姆，為進一步鞏固自己的戰力而返回野外。

後記

真的非常感謝各位讀者購買此書。

我能有今天，全都是無數人的支持，以及令人不敢置信的偶然所造就。

給我出版機會的責任編輯，以及替我作畫的狐印老師。

對於二位，我真的有說不完的感謝。

翻閱此書的讀者中，除了從「成為小說家吧」網站就支持我的讀者以外，或許也有想嘗試新作品的讀者吧。實在感激不盡。

還記得我剛開始寫小說時，文筆拙劣，令人不忍卒睹。現在也仍有許多需要改善的地方，這樣總算是前進一步了吧。

寫這部《怕痛的我，把防禦力點滿就對了》簡稱《防點滿》的契機，其實是為了散心。當時很好運地獲得青睞，突然有聚光燈打在我頭上的感覺，如今仍記憶猶新。

人的生活真的會一夜之間急速改變呢，或許「起念即吉日」這句話真有它的道理。那天掉下來的好運，今天我仍緊緊抓在手裡，不敢放開。

我能繼續寫這篇故事，無疑是拜各位讀者所賜。

各位的支持、指教，甚至純粹的閱讀，都是我繼續寫下去的動力。

驀然回首，這部作品我已經寫了一年出頭。真是一段有點長又好像眨眼即逝的奇妙時光。

感激不盡這句話，實在一點也沒錯。

不停表達無盡的感謝，整個後記就會變成只有道謝，所以就讓我稍微聊點本作《防點滿》的事吧。

由於得先決定一個簡稱，所以叫做《防點滿》。我的標題很長，需要一個簡短好記的簡稱。

給小說想簡稱這種事，我過去從來沒有過……希望各位也覺得順口。

另外，因為實際出版而增寫新篇章的事，我也是第一次。要在不破壞原本劇情的狀況下擴大故事內容，實在是一件很不容易的事。但是辛苦沒有白費，增寫的部分，我個

人認為有更進一步表現出梅普露享受這遊戲的樣子。

再講一個比較私人的事。這部作品花了一段很長的時間才成為書本的形式，在這裡，我要對從連載初期就支持我的讀者們獻上更深一層的感謝。

結果到最後還是回到感謝了，那麼就在這裡為這後記與《怕痛的我，把防禦力點滿就對了》第一集作總結吧。

那一天，許許多多的人賜給我的偶然，我一定會好好珍惜。

假如能有再一次偶然——

也許我們會在其他地方再見！

我衷心期盼那一天的到來！

夕蜜柑

©Sakaki Sengetsu, Touzai 2016

Kadokawa Light Novels

以我的能力創造開外掛的老婆們 1 待續

作者：千月さかき　插畫：東西

超人氣後宮奇幻網路小說！
與超強化的奴隸老婆一起甜甜蜜蜜的冒險譚!!

忽然被召喚到異世界的凪，發現自己被迫成為勇者!?可是勇者的待遇實在太血汗了，不想當社畜的凪因此離開王城！凪擁有特殊力量，能透過與人簽訂奴隸契約重組、強化對方的技能。他遇到淪為奴隸的少女賽西兒，展開意想不到的異世界之旅……

NT$210/HK$65

今天開始靠蘿莉吃軟飯！ 1~4 待續

作者：暁雪　插畫：へんりいだ

靠蘿莉吃軟飯變成國家請吃牢飯!?
此外還大啖蘿莉不穿內褲涮涮鍋!!!

小白臉天堂春竟然被警察大叔出聲叫喚：「跟我們來一趟派出所吧。」喂喂，靠蘿莉吃軟飯到底是觸犯了哪一條法律啊？此外本集還有蘿莉護士啦、蘿莉不穿內褲涮涮鍋等等，為您送上甜蜜到極點的靠蘿莉吃軟飯生活！

各 **NT$200/HK$60**

國家圖書館出版品預行編目資料

怕痛的我,把防禦力點滿就對了 / 夕蜜柑作 ; 吳松諺譯. -- 初版. -- 臺北市 : 臺灣角川, 2018.10-
冊 ; 公分. -- (Kadokawa fantastic novels)
譯自 : 痛いのは嫌なので防御力に極振りしたいと思います。
ISBN 978-957-564-488-8(第1冊 : 平裝)

861.57 107013895

Kadokawa Fantastic Novels

怕痛的我，把防禦力點滿就對了 1

（原著名：痛いのは嫌なので防御力に極振りしたいと思います。）

2018年10月25日　初版第1刷發行
2023年8月10日　初版第9刷發行

作　者：夕蜜柑
插　畫：狐印
譯　者：吳松諺

發行人：岩崎剛人
總編輯：蔡佩芬
編　輯：黎夢萍
美術設計：黃永漢
印　務：李明修（主任）、張加恩（主任）、張凱棋

發行所：台灣角川股份有限公司
地　址：104台北市中山區松江路223號3樓
電　話：（02）2515-3000
傳　真：（02）2515-0033
網　址：www.kadokawa.com.tw
劃撥帳戶：台灣角川股份有限公司
劃撥帳號：19487412
法律顧問：有澤法律事務所
製　版：巨茂科技印刷有限公司
ISBN：978-957-564-488-8
